在场主义散文丛书

ZaiChangZhuYiSanWenCongShu

黄石手稿

黄海 / 著

HuangShiShouGao

百花文艺出版社
BAIHUA LITERATURE AND
ART PUBLISHING HOUSE

图书在版编目（CIP）数据

黄石手稿/黄海著. — 天津：百花文艺出版社，
2010.4

（在场主义散文丛书）

ISBN 978-7-5306-5487-3

Ⅰ.①黄… Ⅱ.①黄… Ⅲ.①散文-作品集-中国-
当代 Ⅳ.①I267

中国版本图书馆 CIP 数据核字（2010）第 051014 号

百花文艺出版社出版发行

地址：天津市和平区西康路 35 号

邮编：300051

e-mail: bhpubl@public.tpt.tj.cn

http://www.bhpubl.com.cn

发行部电话：(022)23332651　　邮购部电话：(022)27695043

全国新华书店经销

永清县金鑫印刷有限公司印刷

＊

开本 880×1230 毫米　1/32　印张 5.625　插页 2　字数 131 千字

2010 年 4 月第 1 版　　2010 年 4 月第 1 次印刷

印数：1-3000 册　　　　　定价：13.00 元

目　录

附录

总　序

　　这次回家发现，小侄子珠珠能够说一些简单而清晰的话了；喊妈妈时，那眸子里更有一种穿透力极强的童真。

　　珠珠一岁多了，与我们在场主义几乎同岁。散文是从说话开始的，于是我想到成长中的珠珠；或者说，从珠珠逐渐清晰的话语，想到了在场主义。对智慧的人，一岁也许就是一个坎。过了一岁，不仅开始产生自己独立的话语，而且那话语逐渐清晰而明亮。我相信，从童真开始，逐渐走向清晰、丰富、成熟和睿智，是一种生命的规律。

　　在场主义是2008年的3月8日诞生的。一群对汉语散文先锋实验葆有热情的人，公开站在民间的立场，以亮剑的姿势和自己独具的姿态，站出来替散文说话。如果还要往前追溯，追溯到"十月怀胎"，就不得不提到2005年5月的"中国新散文批判"。全国二十多位活跃的新锐散文作家、评论家汇集眉山，以善意的建设性姿态，对上个世纪八九十年代以来兴起的新散文热，提出质疑与批判。那次批判的意义在于，让我们清晰地触摸到，自上个世纪二三十年代白话散文兴起以来，散文意识的再一次觉醒，并由此带来了散文的空前繁荣与躁动不安。我们的幸运在于，及时捕捉到了时代的气息，强烈地感到,该是为散文做点什么的时候了。于是,就有了后来的艰难跋涉。

走到现在,我们至少已经历了这么几个阶段。"十月怀胎"不说,那种艰难,也许女士们更有体会。在《镜像的妖娆》中,我们提出的"在场,思想,诗意,发现",更像是一种胎音,预示着一个新生命的即将发育成型。《散文:在场主义宣言》是一个标志,诞生的标志,成型的标志,"命名即是创世,说出就是照亮",在这里体现得最充分。宣言的最大贡献,在于对散文性的发现和初步探讨,让我们能够走出三千年的迷惘,沿着正确的道路,去观照散文,认识散文,让散文围绕自己说话。虽然"四个非"不一定完善,甚至不一定正确,但我们坚信找到了一条认识真理的正确道路;如果离开散文性去谈散文,不是一件滑稽的事吗?

《从天空打开缺口》和《从灵魂的方向看》,既是一种起步,又是一种昭示。从理论与创作方面,昭示在场主义已出发,沿着自己的路,证明并丰富着自己的存在。在理论上,我们以同样的热忱,同样的真诚,面对各种赞扬或者反对,证明着生命的存在和价值。对赞赏的,我们报以微笑,道一声同道快乐;对反对的,我们说一声谢谢。因为这种反对,让我们从另一个维度,面对种种质疑的挑战;可能和不可能,都必须——求证。答读者问和在《美文》杂志的对话,都是一种形式,表明一种平等的交流姿态。平等地探讨,平等地交流,平等地证明在追求本真面前人人平等。事实上,这种思想的撞击,闪耀出的火花,比我们预想的更美丽。精湛的评论,同样是一种建设,给我们提供了另一种参考,表明世界本真的存在、遮蔽和去蔽,以及对在场主义作品的解读,都具有多重性。如果说,去蔽,敞亮和本真,提出了在场主义的写作哲学及方法论基础,"四个非"揭示了散文性的文体特征;那么,"内外珠联,根性真实,介入当下,表现本真"，则反映出在场写作在散文性上一种更深层次的内在接近。

我们非常明白，任何创作主张，最终都是靠作品说话的，在场主义也不例外。因此，我们的建设，一开始就包含了两个方面：理论的探求和创作的体验，缺一不可。《镜像的妖娆》中，六十多位作者的亮相，更像是一种热身，他们以贴近本真的追求，表明真正的出发即将开始；在《从天空打开缺口》和《从灵魂的方向看》中，我们以在场写作的眼光，以散文性为核心，选入了三十多位作者的作品，进一步从创作体验上，呈现了在场主义的美学主张，散文主张。由百花文艺出版社出版的这套《在场主义散文丛书》，在我们探索与前进的道路上，无疑具有里程碑式的意义。它表明，在场主义的文本实验，开始由广泛的面上行动，走向代表作家的个体深入。

在这里，我用了"开始"这个词。事实上，我们的每一个脚印，都既是一个结果，又是一个开始。开放的在场主义建设，欢迎来自各个方向的质疑和探讨。在场写作"永在路上"，在场主义对散文性的探索，从来就没有停止过。在这篇文字里，我们在之前的有关散文性的系统论述基础上，再着重谈谈关于在场写作的精神性、介入性、当下性，以及发现性与自由性等艺术特质问题。

精神性。精神是人类独有的存在，在场写作作为最贴近自然、社会和灵魂的活动，不可能背离精神。外在、实用和功利，不是散文价值的尺度，散文更需要精神——内在的、本体的、貌似无用的、不断超越自身和功利的价值。"在艺术作品中，存在着一些构成其价值的确定的特性"（德国现象学学家Moriz Geiger语）。也有学者认为，这是一种"超越意识形态"，或曰悖逆、摆脱和超越意识形态与现实之间的距离，感受灵魂在精神之宇自由飞翔的愉悦，产生一种冲击虚假的意识形态的力量……精神是散文的骨架，是散文的内核,同时也为散文提供强大的灵魂支撑。散文在本质上是一种日常生存方式,生活态度,生活内涵,是艺术生命赖以支撑的精神。追求精神性的在场写作,反对两种倾向:一是以标榜日常写作而津津乐道于琐碎的"个人经验","个人趣味";二是企图追求所谓"宏大叙事",而图解某种政治需求。在场写作的精神,以作家"个人的立场",关注"共同的命运"为存在方式,是对生存意义的追问,对真实人性的剥露,对生命终极价值的关怀,对人类"终极家园"的精神诉求,对生存与存在根本问题的哲学思考,是作家个人生命的阅读史,而结构、语言和叙述方式等,都只是精神存在的外壳。

当下性。当下有几重含义。一是时间概念,二是空间概念,三是范围概念,四是主体概念,五是结构概念。这里无需赘述。概念是苍白的,生命之树常青。在场主义散文写作的生命,就是主体始终"在场"或游离于"场的范围",伴随时间和空间,慢慢走下去,直到世界老去。世界却总是一相情愿地背离我们而去。现代化日趋激烈地摧毁着我们的意愿。恐惧感源于我们一直"生活在别处"。后农业文明与前工业时代的差异,新旧体制的交替和碰撞,财富和权利的再分配失衡,所有这些因素的重组,必然产生边缘钝化和"场"断裂,让我们有意或无意地缺席。新的变化超越了我们"现代性"经验视界。写作的良知,敦促我们需随时保持对"物质欲"和"幸福感"的警惕,以及对未来命运的忧虑。对正在发生的一切,散文要做的事情,就是对这些零散化图景,在精神层面予以描画和投影。在场主义关注的,是今天发生的亟待解决的问题,而不是过去尘埃落定的问题;关注的是身边最感疼痛的问题,而不是流行的、华丽的、自己并不熟悉的那些元素;关注的是我们的,人类的,地球的问题,而不是悬空的,高蹈的,虚饰的问题;是躬身触摸生命的生长状态,而不是挖掘古墓,在枯尸口里拔出金牙。散文的当下性要求我们要沉潜下来,保持叙述的定力决不动摇;要安静下来,有独立判断;迎击上去,有斗志和韧劲;坚守下来,有独立的品格和良知。

介入性。在场主义的在场,是"介入——然后在场";认为散文写作"在场"的唯一路径是"介入",是"去蔽"、"揭示"和"展现"。"介入"的始作俑者萨特,将"介入性"赋予了散文。在萨特看来,散文首先是一种需要积极"介入"的公众化的艺术活动,散文的"介入"能让形式的感受与生存经验紧密联系。他甚至在"介入"时发现了"距离"的美——"距离"带给人特殊的"晕眩"和"惊恐"的经验,这可看作他对纯形式的领悟,或者对个人现实生存经验的唤醒。鲁迅和王小波是中国现当代介入散文的代表和先锋,在他们的滋养下,当下汉语散文重新彰显了"介入"的优秀品格。"介入"不是为了重建某种秩序和规范,现实原本就是"无秩序的秩序"或"天然乱"。"介入"提供考察公共审美领域与公共交往领域中"无秩序的秩序"或"天然乱"的一种视角可能。显然,"个人性经验"介入公共话语领域,会遇到很多障碍。但是,介入的使命,就是承受,就是担当,就是关怀,就是切入并打破话语体制的封闭性。它强调的是作家的使命和责任,反对把散文写成风花雪月的补白,权力意志的注解,歌功颂德的谄笑,痛疮疥癣的痒挠。它强调的是散文的身份和地位,反对把散文边缘化,让散文成为"诗余"、"小说余"、"杂文"、"玩字";反对把散文软化、轻化、边缘化,提倡散文要锋利,要有硬度,要扎入最深处的痛,要体贴底层,揭示真相,承担苦难。在场主义的叙述手段,不是纠偏和规范,更不是抹杀和提纯。叙述的力量就是尊重"场"或者"场的档案",因为它——不可"毁灭"。强调日常写作的"在场",抒写亲历和经验,为呈现生活的本来面目提供方便——将外物投射于内心,获得视觉的奇异感,揭示出"场的档案"的本真面貌和内在能量。

发现性。任何一次真正意义上的创作,都是一次发现,是对现有的否定和对新极限的挑战,是一种叙事流的探险。发现具有初始性、唯一性和价值性的特点。别人已经看见的、写过的,你去看去写不是发现;大家都看见的、表达了的,你再去看去表达,也不叫发现;发现与表达的东西,应当是有积极的审美价值的,而不是毫无意义的拉杂。米兰·昆德拉认为,文学人物都是一个"实验性的自我",代表人类不同的生存处境。文学有义务担负起敞亮"被遮蔽的存在"的使命,在"不灭的光照下守护'生活世界'",考察、发现人类具体生存的可能境遇。他把考察人类生存处境的作品视为"发现的序列","每一部作品都是对此前作品的回答,每一部作品都包含了所有先前的小说经验。"只有前赴后继,不断发现新的可能性,才能汇入整体的"发现序列"。显然,他把发现定性为叙事作品最重要的标准。

在场写作的去蔽、敞亮、本真,就是一个发现的过程,包括对自然、社会、人生、灵魂,对生命本质的独特的发现。在场主义认为,有没有发现,是散文及散文作家高下的分野,甚至是散文及散文作家存在与消亡的根本原则。发现既是一种态度,又是散文写作的起点,过程以及最终归属;发现是一种方法,用发现的眼光观照事物,用发现的刻刀解剖事物,用发现的心灵体察事物,我们才能传达出事物不为我们所熟悉的那一部分隐秘;发现是一种结果,是在场主义写作永恒的追求。生活存在于生活,生活是先验的,我们只是参与者和"发现者"。与生活相比,任何经验的写作,都不可能严格地实现"在场"。经验总是滞后。反过来,任何预设的写作也于"事"(生活)无补。在场主义散文,只是就散文写作提出了更为严肃的要求,强调写作过程的身体力行,以及对于散文所坚持的基本立场和态度。

自由性。自由是人性的最高尺度，也是写作的最高尺度。在所有的文学体裁中，散文是门槛最低的，同时其尺度也是最高的。在场写作的自由，是在对写作策略全面洞悉基础上的无策略，是遵守写作基本规则基础上的大自由，是对写作无限可能性孜孜不倦的追求，是对散文边界的突破和维护。在场写作，凭借怀疑、否定、批判、矮小、暗面、冷质、凌乱、粗砺、驳杂、反向、非判断、无秩序和拒绝集中之手段"去蔽"。"否定意识是意识的一种特殊现象，有着更深的哲学内涵。否定意识是人的理性思维为追求客体的内在必然性，对现实存在进行否定性思维的价值判断，其本质表现为对现实存在的反映。与其他社会意识现象不同，否定意识对现实存在的反映突出表现为理性通过情感判断而与价值判断相联系。"（王达敏《论新时期小说的否定意识》）在场主义散文从民间立场，以貌似"清醒的""冷峻的"的写作情感，提倡个性化的小叙事，在叙述时代和人性的复杂上，表现了很大的自由向度。反过来讲，正向的思维方式则容易陷入"公共话语体制"的泥潭——散文写作的镣铐和束缚，这是在场主义散文写作所不屑的和需要避免的。解构是自由的，构建也是自由的。自由的结果，是表现本真。在场主义散文意欲最大可能地应用本真语言，最大限度地表现根性的真实。

汉语是自由的，汉语散文也是自由的。在场写作坚持着自己的方向，自由发展，默默成长，一直在"最大限度地接近散文本质"。散文写作的姿势是渐渐向下的，向下的过程，即是汉语散文重返的过程——向民间转移。可以这样说，很多优秀的作家在民间，很多优秀的文字也在民间。他们游离于体制，与体制形成强大的对抗。《在场主义散文丛书》，集中推出周闻道的《七城书》、第广龙的《摇晃》、傅菲的《生活简史》、张生全的《变形词》、沈荣均的《斑色如陶》、黄海的《黄石手稿》共六部散文作品，可看作在场主义散文流派的又一次整体亮相。丛书的相当一部分作品,都是在场主义作家们近年来自觉思考散文的结果,体现了当下汉语散文最前瞻的追求。

　　无疑,在场主义散文在现代性精神和后现代叙事上,发出了振聋发聩的冲击波;而《在场主义散文丛书》则是21世纪初,汉语散文吹响的又一集结号。连同此前的三本书,在场主义廓清了三千年来汉语散文的认识,建立了一套真正属于自己的话语体系,以追求本真的在场写作姿态,不断地接近散文性,其对于中国文学史的贡献,将接受未来汉语散文写作实践的检验。

黄石手稿

稿·黄石手稿·黄石手稿·黄石手稿·黄石手稿·黄石手稿·黄石手稿·黄石手稿·黄石手稿·黄石手稿·黄石手稿·黄石

义散文丛书·在场主义散文丛书·在场主义散文丛书·在场主义散文丛书·在场主义散文丛书·在场主义散文丛书·在

黄石，
真的越来越近。
听这火车的声音，
我仿佛和它在一起奔跑。

黄 石

一

　　一条机耕路铺满了煤渣,被拉煤车压坏的路基凹凸不平,从来没有人去打理它。夏天一来,长江就到了丰水期,拉煤车在那时候也多了起来,它们彻夜地奔跑,村庄在躁动不安的虫鸣声中若无其事地睡过去。

　　那片棉花地就把那条机耕路隐藏在季节中。而村庄在更远的深处,看起来更像在这条路的尽头,我爬上装满煤炭的卡车才能把它望到边。我要搭乘它去黄石码头,省下五毛钱(车票半价),几乎所有的伙伴们都用这样的方式爬上卡车去黄石。去黄石,去黄石,在大人嘴里说得最多的一个地名,它在我童年的记忆里,是来往不停的公共汽车、街道、穿制服的工人、小吃店、火车和铁路,是马家咀(地名)、工人村(地名)、黄思湾(地名),或者石灰窑(地名)、石料山(地名)、王家湾(地名),这些叫法跟我熟悉的村名差不了多少。

　　我小时候身体多病,母亲经常带着我跑遍那些村庄,寻找那些赤脚医生。去黄石,我去的最多的地方也是这些医院或诊所。我5岁那年得了急性痢疾和肝炎,父亲带我第一次来到黄石第六医院,在来苏水味道的医院走廊中,我逐渐辨认草本植物和药材的区别,它们的苦味从小就进入了我的胃里。那时候,看病从来不需要排队,狭小而声音空荡的大厅里,有两排木排椅,空空的。母亲把住院需要的衣物和日常用品用蛇皮袋子装好,放在木排椅上,我坐在那里等待着,短暂的,但是内心紧张的。陌生的人,我害怕见到你们。病房里还有几张空床,另一个中年人半夜经常起来上厕所,他床头的病卡上写着:前列腺。他每次躺下来,钢丝床像要散架似的,咯嘣咯嘣响个不停。我差不多在医院住了一个星期,连中年护士,我也很少见到。每次喝草药都是我母亲去药房拿的。我印象最深的是医生总是把穿在身上的白大褂弄得很脏,好像从来没有换洗。

一个枯瘦的老大夫又开了一些中草药,母亲仔细询问我的病情,我就出院了。那时候很少用抗生素,一般用中医治疗,效果很慢,等我对疾病不抱幻想的时候,病也就彻底好了。为了让我安心吃药和打针,母亲还为我买了许多糖果。还有一些亲戚和父亲的朋友来过医院,他们拿了些水果,都是我喜欢吃的。但母亲又把水果悄悄拿回了家,转送给其他的亲戚。

祖父病倒那年,他没有去黄石任何一家医院,他连河口卫生院也不愿意去。我想起卫生院那些木格窗子,阴冷的风刮进来,有人用钉子把农膜钉在外墙上,没等春天来临,孩子们把它扯下来,换了几小块糯米糖。再补,再扯,后面谁家里有了病人就自己带一块农膜,自己钉上去。祖父彻底不能动的时候,他就睡在婶家的两个偏房中间的过道里。青石板的过道上正好放一张单人竹子床板,放上四块砖头扛起来就可以了。夏夜,风从树林里吹进来,吹到过道阴凉阴凉的,爷爷就睡过去了。有时,月光也会照进来,照在他的脸上,和月亮一样的白。但我一点也不害怕,因为他的咳嗽我全家人都能听得见。

村里最怕深夜听见狗叫的声音。大家赶快关起大门,让年轻的媳妇从自家的后门跑走。她们有的抱着黑白电视机,有的鞋也没穿好,抱着收录机跑进了后山上的树林里。等他们村委会和计生办的人进到村里，整个村庄处在一片黑暗中。他们挨家挨户地敲门，然后用手电筒从窗户照进去。来不及逃跑的女人，被人塞进卡车连夜送到河口镇卫生院。母亲是自己一个人去的卫生院，结扎完第三天就出院回来了。卫生院没有那么多床位，很多人结扎完被安排在河口镇政府的礼堂里休息。浑浊的空气弥漫在整个屋子，呻吟和喧哗的声音嘈杂在一起，让人非常难受。

小的时候，村子从来没有什么大事。谁生谁死，好像都是劫数，谁也躲不了。但有一年，村子有人考上了大学，这成了大家意料之外的大事。我印象里好像一次也没见过这个人。我认识的那些人，他们从来没有离开过村庄。他们生老病死都在这里，他成了我唯一不认识的村里人。他家请人在村上的那块空地放了三天电影，每天晚上两个故事片，记得有黑白片《铁道游击队》和彩色片《新兵马强》等。我第一次知道了日本鬼子、越南鬼子、英雄和国家，尽管那是个大得没法搞清楚的问题，但我却在大人的帮助下明白了要考大学的理由。那时候，我还是光着屁股的年龄。有一年，我回去，我听父亲谈起这个人，他现在四十多岁了，他从大学毕业后分配到黄石某机床厂，现在已下岗在家。那片当年放电影的空地，后来盖了房屋，几年前，又拆迁长满了灌木……

二

黄石是我少年时代最无知的一个词。我从家乡的凉山头向北望去，长江似乎被我踩在了脚下。一座山，阻断了我无数的梦想和现实。我乘车去黄石，需要从河口镇坐摇摇晃晃的大客车，经过水泥厂、砖厂、卫生院、养殖场、西塞山、黄石大道，我们要去农贸市场，父亲挑着一箩筐红薯，换来褶皱的钱币。我记得那时候，红薯收购价1毛/斤、萝卜1毛/斤、土豆1毛5分/斤、玉米棒5分/个,其他农作物价格不等。父亲买回化肥和薄膜,他偶尔也会给我买点奶糖,如果是夏天,冰棍是5分钱一根,冰凉的甜味,一直留在我的记忆里。那时候鸡蛋大概是1毛钱一个吧,我曾经偷偷用两个鸡蛋换回三根冰棍,被父亲打骂了一顿。去黄石我可以看到许多好吃的东西。每一次,我们兄妹总是争着跟父亲去黄石,谁要是留在家里,母亲总是给我们每人一毛钱,我们都很开心。

去黄石,父亲走在稀疏的人群中,我一眼就能看到红旗百货商场巨大的标牌下,停满了自行车,铁栅栏把它围起来,有个上年纪的妇人守在一张斑驳的黄油漆桌子边无精打采。秋天的梧桐树正在落叶,二道贩子在沿路叫卖袜子。黄石大道,跑过的公共汽车冒着柴油味的黑色油烟,像拖拉机一样突、突、突,像要随时向后退回来。那时我走在斑马线的街道上,蓝色的卡车、锈色斑驳的手扶拖拉机、自装的柴油车,它们无视路口信号灯的存在,颠簸的街道撒下煤灰、泥土和谷物。我来不及担惊受怕,汽车就跑过去了。

火车在呜啦呜啦地叫着,它走得很慢,贴着江边走。在大冶钢厂,交错的铁路线,蒸汽机不分春夏秋冬地喘着白气,喀嚓、喀嚓、喀嚓的声音非常好听。焦煤从远方搬进来,铁又从这里运到另一个地方。乌黑的焦煤、烟囱、铁、围墙,隐约露出半条白地红字的标语:毛主席万岁!从道士袱开始,村庄就开始消失,黄荆山下的菜地和民房参差错落在山脚下。大半个钢厂一直从道士袱沿江绵延到黄石码头。村里有人就在钢厂里做冶炼工,他女人还生活在乡下,有时他女人带着孩子去黄石住上几天回来,有时他歇息在家住上几天又走了。后来他把他女人和孩子的户口从乡下转到了黄石,听说花了一些钱,又找了很多关系。我不知道他一家人现在过的如何,他的那间土砖房子早卖给了村子另一个人,他很少从黄石再回到现在的村庄。

我和他儿子还爬过拉煤车去过大冶钢厂，煤不断地从黄石码头卸下来，被轮船运到南通（江苏），我们从码头往回走到四门，那时候马路没有天桥，我们要等火车、卡车、拖拉机、三轮车和牛拉车从十字路口过去的时候，才能大摇大摆地走到路的对面。钢厂的保安根本不把我们当一回事，没什么阻碍我们就进去了。铁，不停地发出敲打的声音，巨大的声音，清晰而又震耳欲聋。我在他父亲的食堂吃完又肥又白的馒头，然后在街道的铁路口等车，去河口的拉煤车经过丁字口的铁路慢下来，我们就爬上去。那些拉煤车要经过王家坊煤矿、龙山煤矿、河口煤矿、章山煤矿，我从不担心它会把我们带到一个遥远或陌生的地方。

但母亲还是不放心，为此经常打骂我。

父亲最先是在龙山煤矿下井，后来河口镇煤矿重新开采的时候，他又到那里。我经常和伙伴们去那里，它在黄荆山南麓，从这里也可以翻过山坳去山北边的黄石市区。有一次，我和伙伴们一起把矿区拣来的废铁和铜背到道士袱废品收购站，卖掉又买上连环画，记得还买了一本《新华字典》，但我最羡慕是谁家的小朋友又换了新衣服。母亲有一次带我去黄石卖自家养的土鸡，我帮她在居民楼的巷陌中叫卖，卖土鸡——，卖土鸡喽——，但少有人问津。一天下来只卖掉了三只，卖了二十几块钱。那时候小贩们自由地进入城市的角落。很多人把家里种好的萝卜一毛钱一斤卖给了钢厂的食堂。乡下人到城里卖东西，要多卖和好卖一定要有熟人和关系。那时我家有个远房亲戚在龙山水泥厂食堂做事务长，我家卖给他的粮食每百斤要比别人卖给他的贵上几块钱，父亲每次见他，总是热情地哈腰和点头，他有时并不搭理。

当个体中巴车开始运营的时候，河口镇开始了深刻的变化。村子有人开始去黄石打临时的短工，第一批出去的人都是一些初中没毕业的小姑娘，她们去了一个名曰美岛的制衣厂，在团城山开发区，四周还是庄稼地。她们没天没夜地干着，每月大概挣120元钱，住在农民的出租屋里，月租10元，用酒精炉子做饭，或者用煤油炉子炒菜。昏暗的电灯下，她们津津有味地享受城市的多余的光阴。村庄越来越多的年轻人开始动身去了黄石，更多的人去了南方，留在村子的人越来越少。有一年，我的一个表姐也去了城里，在一家私人建筑队打杂，主要是买菜做饭，每月工资300元。她死于非命，被拉土车撞死了，连尸体也没搬回来。

许多人都来到黄石，他们在不断逃离自己的村庄的时候，要把故乡这个词彻底抹掉。他们也不想寻找记忆，不想背负沉重的记忆，他们要忘得干干净净。

那条经历多次修补的沥青铺好的公路连中巴车也走不了。几处煤矿都发生过开采死亡事故，最终被关闭。四川人和福建人都离开了，他们带走了村庄很多漂亮的女孩，一去不复返。父亲彻底成了一个没事可干的人。

三

大水在我离开黄石的那年夏天浸泡了那片棉花地，绿油油的棉叶连同那片荷叶一起被雨水淹没了。大水还淹没了房屋和养殖场，半个电线杆还立在水中，燕子和麻雀站在电线上。鱼虾无人问津。那些救灾的糙米发到我家的时候，已经裹上一层层薄薄的绿膜，它发出一种咔味，父亲把它放在水里用力搓，颜色还是洗不掉。实在没办法了，只好用它来喂牲畜。那时候，我们把自家养的鸡蛋拿到黄石去卖，根本卖不上价钱，像水里白花花的鱼一样，网一捞，大片大片的,但却无人问津。

传言和瘟疫一样笼罩在整个村庄。

村庄的墓碑上刻上了我祖父的名字,大水退去时的刻度永远停在了那里。那年秋天还没结束,又一批年轻人去了黄石,我不知道它是否容纳得下他们。我在黄石结束了两年大专的生活之后,我又套上另一个枷锁——我要工作,我能找到吗?我挤在7路公共汽车上,听信于任何一个可能的谎言,我却又在焦虑中等待最后的结果。那些荒芜的日子,我除了读报,就是去人才市场。黄石,我从不放过张贴在路灯下的野广告,我不停地给招聘单位寄发我的个人资料,然后去面试和应考,然后陷入杳无消息的巨大无奈中。

黄石,那个铁与水泥,煤与石灰岩,铁路与烟囱,故乡与异乡,灵与肉的城市,我走在它窄小的街道上,灰尘落在我的脸上。我从石料山乘3路公交去黄石港找一个陌生朋友。我希望我能得到他的帮助,能够找到安身的地方。黄石日报大楼,玻璃反射出白色的太阳光照着我的眼睛令我无法抬头。我进门被问话、登记、预约,然后我顺利地踏上四楼。我说明来意,我羞于表达的眼神已经告诉了他我自己的意图。他说,很难办。我说,我已经考试过了,但没人通知我。他说,那你就等等吧。我说,你帮我打听一下,熟人可能好说话。他说,好吧。我坐在那里沉默,他在忙自己的事。

这件事最终没有结果。我把朋友借我的BP机的号码留给了他,但它从未响过。我一度怀疑他BP机的质量问题。我实在没法继续待在这个城市了,我离开黄石的那年秋天,一条铁路开始测量,它要经过下黄湾。那里可能需要一个测量员,我想如果可能,体力上的工程活我也可以干下去。这只不过是我的幻想。铁路确实经过我的村庄,确实有人开始了它的测量,但这一切与我有关系吗?一年,两年,五年过后,它在人们快要淡忘的时候终于动工。

　　从道士袱经过河口镇、下黄湾，一直向西延伸。挖土机不停地掘土，卡车开始奔跑起来，扬尘爬满了庄稼和房子。祖母坐在白净的太阳下，她似乎对此漠不关心，她的静默让我感到吃惊。她说，山丘那片祖坟搬到哪里呢。父亲说，迁到了对山脚下的那片枫树林里。祖母说，好啊，将来没地方埋人了，也把我埋在那地方。父亲没有再吱声。冬天干枯的树木被人砍光了，铁路正往那个方向赶。大家都忙着丈量自己的田地，他们正盘算着铁路要占用自己多少土地，他们到底能赔上多少钱。

　　许多人为分配忧心忡忡的时候，村子有个女人哭闹着要上吊。她觉得这条铁路毁掉了她种下的那片果园，不能按照青苗费赔偿。我不知道最后的结果。但我知道，即使他们把土地放在那里，也没多少人耕种。像黄石郊区的那些村子一样，他们在等待机会的来临。铁路铺好的时候，村庄发生过牲畜被撞死亡的事情，反映上去大都没有结果。但是已经有铁栅栏把铁路隔开了。从一个村子到另一个村子，或者从村子到另一片田地，要过一个个涵洞。

　　火车跑呀，从远处拉着一节一节的煤运到黄石电厂，昼夜不息。

　　火车跑呀，孩子趴在地上看它喀嚓、喀嚓地响。

　　在火车跑过那片田野上，一条宽阔的水泥路正在动工，在铁轨的旁边，向西，看不到尽头。我家的那一亩水田要派上了用场，它被占去半边面积，分了几千块钱。剩下半边，父亲想把它栽上树木，他说，将来你回来，就在路边盖个房子吧。当人们把房子不断建在公路边的时候，汽车轱辘的声音越来越多起来，但他们并不觉得这有多么的喧闹。我们不顾一切地逃离自己的村庄，我们又把村庄换了一个地方。

　　黄石，真的越来越近。听这火车的声音，我仿佛和它在一起奔跑。

疾 病

　　我们对疾病的恐惧不光是直接来自身体的疼痛。

　　我们的身躯跟时间赛跑,时间是慢的,你几乎看不到,但我们一返身,它们的身上就长满了斑,并臃肿和暗淡起来。而疾病又是这样的,当你的身体开始爬上斑点和皱纹的时候,器官开始衰老,行动开始缓慢下来,你肉体上的痛感也随之而到,你开始失眠,头痛,眼花,精力不济。你开始回忆自己的过去,你对不远的将来充满忧虑。在我逐渐逝去的村庄,你无能为力地躲在墙角边,在冬日白花花的阳光下蜷缩着瘦小的身体。门被风刮着,吱呀吱呀地摆动,乡村赤脚医生已经来看祖父好几回了,打针、吃中草药,他眼神呆滞地看着我们。(而你从来没想到疾病那么悄然快速地进入身体。)那年夏天一过,你坐在木椅上安然睡过去了。而在这之前,你跟我讲起你小时候,你守着自己快要死去的亲人时,他的身体被搁放在阴暗潮湿的里屋,他就那样躺在木板上,他的身体还有余温,还有呼吸,你小的时候还趴在他的身边听他们孱弱地低唤。大人们把你叫走,他们不想让你看见这残酷的场景。你说,活着的人没有口粮,快死的人,余下口粮给活着的人吧。这也许就是生活带来的启示,疾病夺去人的是生命和信念。

　　在河口镇,庄稼一茬茬地被割倒的时候,又有人被疾病带到痛苦的折磨中……猛烈的咳嗽声不时地穿透夜晚和清晨的寂静,他不断地咳出血,要把肺里滞留太久的尘土咳出来;他可能心里好受些。但我的担心来自于他单薄的身子，他一直在村办水泥厂的包装车间干活，从青年到中年，三十年来，他从饥饿马不停蹄地跑进了疾病中。而水泥厂一直处在半工半怠的状态，五年前的那份工资还挂着账，多次催要，未果。生活被逼着有些无奈，那年头的雨水落下来，庄稼冒不出芽；浑浊的污水从水泥厂的排水沟顺流到田地，水稻枯萎；小煤窑像蜂窝一样密布在那片土地上，从矿井里抽出来的水泛着昏黄的色素，恶臭随风弥漫。他的胸口从那时候开始气闷、气喘，十年过去，他一直没去过医院，他的一双儿女去了南方，像候鸟一样飘来飘去。天气好的时候，他还在村口走一走，碰上阴凉的天气，他的咳嗽就会加重，现在他正逐渐丧失掉壮年的身体。他吃些自己熬出来的中药，他的屋子里的一切被熏过的草药味道，连蚊虫也飞不到他家。所有的人都没有办法，不断有人出现这样的症状，这样的患者来自那些水泥厂和矿山小煤窑的工人，他们都是村庄附近的农民。这样的病人一年比一年多了起来，恐惧笼罩周围的人，日复一日，阴影不散。有一个人，他活了四十多岁就死了。听别人说，他死于肺病的一种，但没有人确切知道最终的结果。

　　我印象中那排青色的砖墙砌成的低矮平房是多年前的建筑——章山卫生院，它和粮店和养路班连在一起，前面一排高大的梧桐和榆树，那里堆满了一次性塑料针管、瓶子、注射器，孩子们把塑料针管拣出来做各种样式的动物造型小玩具。堆放这些垃圾杂物的下面是一条从山那边淌来的小溪。我小的时候身体不好，肺炎、麻疹、痢疾、鹅口疮、腹泻，母亲隔三差五地往那里跑，我记得那里离下庙不远，母亲经常去找那个算命和尚瞎子卜卦，并求回一段红布系在腰间辟邪，或者用粮食换回庙里的上贡的果品，分给我们吃，以祈求得到神灵庇佑。那里只有三个工作人员，一个处方医生姓黄，他写着几乎没人知晓的文字，在我眼里他是个了不起的人；

一个上了年纪的女护士，体态有些臃肿，她不紧不慢地换药、打针；另一个是药剂师，白白瘦瘦，戴着眼镜，在中药房里配药、称量，一口有别于我们方言的普通话——真是好听，让路过的姑娘不忍往窗户里看看。天黑下来，那盏昏黄的电灯一直亮到天亮。它在白天也是阴冷可怕的，修女般的肃静，不时有孩子的啼哭和尖叫划破虫声和鸟叫，我们一哄而散。有时在村口，听到狗叫，看到那个姓黄大夫进村，而我撒腿就跑，一直待到天黑听到母亲喊我名字的时候回来吃饭。而大一点的孩子不爱跟我玩，他们害怕我把病会传染给他们，他们欺负我。我很少有可靠的朋友，我经常去村庄后山的溪流找螃蟹。我那时几乎对疾病没什么恐惧，但我害怕吃那些苦涩的中草药，我也不喜欢闻那种气味；我惧怕打针，那种痛让我揪心的难受。

我长大的时候，逐渐对疾病有了自己的认识，它几乎是某种痛苦、绝望及慢性自杀。我曾经目睹过村庄一场疾病给一个家庭带来心灵的巨大阵痛和灾难。我忘了她的名字，二十多年过去了，我小的时候，我还没搬到下黄湾的时候，她早嫁到这个村庄，她嫁给了一个比她大了很多岁的男人，因为她患有间歇性精神病——癫痫。我第一次见到她，她用忐忑不安的眼光看着我，她有些羞涩地告诉我下黄湾的人和事，她十七岁嫁到这个村庄的时候，这里只有一户人家，后来他们兄弟几个分了家，每个人两间土砖房子，她不能下水田干活，好几次犯病栽倒在水田里，差点就死了。她丈夫在一家砖厂做短工，经常没理由地打她，她有一双儿女，送到了她娘家。有一次，她提上刚烧好的开水犯病了，口吐白沫，不省人事，开水把她整个手臂都烫伤了，等她醒来的时候，她开始喊我母亲帮忙。我印象最深的时候是一年冬天早上，她在池塘边洗衣裳，她整个人从高处的青石板跌进了水里被我看见了。我急忙喊我母亲把她捞上来，她被摔得鼻青脸肿,呼吸快没有了。她丈夫知道后反而责怪起我母亲,他觉得她是一个连累他家生活的人。也许她的死对他来说是种解脱,这也许是个借口。生活从来就不会平静,活着对她来讲也是奢侈的。

她是一个善良的女人,从来没有和村里村外的人有过口角。母亲说,她经过这次灾难可能活不长了。那个冬天过去不久,我见过她一次,她脸色有些苍白,结痂也脱落了,她靠在床上,我和她儿子在她房子里摆积木。她还让把她桌子上的镜子拿给她,她的样子看起来算是清秀,口齿清楚。可惜的是她的癫痫犯病的次数越来越频繁起来,有时候伴有尖锐的叫声。乡间的赤脚医生给她看过几次,也抓了些药。她家还请了巫师为她做法事。一个活人,就这样被人超度了。死去,她的疾病也将终结,村庄又少了一个病人,而新的疾病正在开始。

父亲在煤矿干了十九年,一直干到那里所有的煤窑倒闭。他的许多工友都是外省人,有些在煤窑事故中死去,有些娶了当地的姑娘一起回去了。这些工友最多干上两三年就走了,余下的生活在这片土地的人。他们不在煤窑干活,就在水泥厂、碎石场、石灰窑、砖厂做事。因为煤窑的工资高,壮年都去那里上班了。我和小伙伴经常一起去矿区拾煤、捡废铁,胆大的人,干脆把机房里的旧机器的零件卸下来拿去卖了。那时黄荆山下的小煤窑一排一排地分布着,诊所理发店也开到那里了。清冷的春天要来的时候,各种疾病总要在矿区流行一段时间。有一年三月,村里有一个小朋友偷偷去了一次井下,回来就发病,高烧不退。医生来看过,开始以为是感冒,开了药吃了,却不见好转。后来转到城里的医院,说是肾病,大概很严重吧。那时,对疾病的认识没有具体的概念,大约过了半年,我又见到这位伙伴,他又白又胖,看起来像是身体浮肿了好多。但没过多久,他就死了。那是我有记忆以来,村里死掉的第一个人,他只有七八岁吧,疾病这么轻易地占有了他。还有一个女孩也只有八九岁,她是我的堂妹。她死于非命,淹死在水井里。我有些悲伤。

父亲自从煤窑关闭之后,他就彻底成了闲人。他有时也去那几口废井看看,那是他工作过的地方。他几个工友就死在那里,还有几个工友和他一样患有矽肺,粉尘浸渍到了他们的气管和肺,胸腔也布满了。他们没有意识到疾病正在悄悄地发生,阴影笼罩了他们健康的肺。他们咳,咳,咳,咳,咳,咳个不停,咯痰、胸痛、气急,逐渐失去劳动力。父亲的病,我带他去医院看过几次,医生给他开了几个疗程的药。这是种慢性病,医生说没有什么特效药可以治疗,要坚持吃药,注意天气变化。洗肺也没什么必要,医生说,进一步确诊要到专门的医疗机构。父亲可能早意料到,他没有半点惊恐,他说,他还活着,而他们好多人已经死了。

每天晚上,我听见父亲撕心裂肺地咳,它不停在掏空父亲的胸腔,仿佛要掏空下黄湾所有的声音,万物寂静,只有他。当我回到那片地方,它之于我的变化是三十年葱郁的大地变成了无规划的道路、矿山和厂房,湖泊成了桑田,他们移民,从一个地方搬到另一个地方,之后是乡村工业的萧条和环境的被破坏。人去楼空,满目衰败的气息连同疾病一起构成了后乡村图画的景象。

疾病如同村庄的稗子。我的祖母死的那年,她心肺器官衰竭,父亲不愿把她送到医院。祖母在世时说过,她死后要把身体完好安放在自己的土地上,她怕火化,怕痛。父亲担心祖母会死在医院里,她的病一直熬了一年多。有一次半夜自己起来小解,摔在地上,脸都被摔肿了。我知道祖母的起居都是我父亲负责的,我很是责怪了父亲。但作为一个男人,他的粗心和耐心一样需要我们原谅的。那段时间,也是疾病折磨她最苦的日子,我带着儿子回去看她。她生病还在诊所打针，炎热的夏日，父亲用车推着她往返在乡村的路上。她看着我！用干瘦的手抚过我和儿子的头发时，她干涩的眼窝也充满了泪水。祖母腿脚不灵便，她的膝盖骨关节年轻时候动了手术，那场大病使她右腿从此无法弯曲。还有一次，她上山砍柴，劳累引起心脏不适，住了一个星期医院。我回家守了她一天，我喊她，她看着我，眼光暗淡。寿限可能离她不远了。两年后，祖母带着她疾病的身体远去了。

我给她写下的碑文——

我想去一个地方，它要满栽李桃，有小溪，还要有桐子树，春天开着白色的花，树上爬着一种身体绿色的毛毛虫子，蛰在手上刺痛。

我想十年回一次乡下，我祖母还活着，白头，少年心事，还在路边和陌路之人搭讪。你喜欢看童子赶着家禽四处奔跑。看我在远方，电话里你莫名其妙地发呆，我一个人在说话。而斯人已去……橘花还开在井边。我想带着儿子去看你，他还不会说话，他喜欢看水，看那些无名的小花，他和我小时候一样喜欢把尿撒在庄稼上。

夜里醒来，我坐在露台上，随手翻动几页书声，照片落在我手上，我想起来要打个电话，但你已经睡去半年多了，怕被惊扰、怕被问候。

如果在墓碑刻上字，它只能被我写着是：

母亲。除此，我们都不会放心。

你沉静在身体的大地里，回到襁褓的时候的温暖，这是一次轮回，永生也是永灭，我们隔着泥土互相取暖。我们之间长着草、树木、季节、世界，但我一伸手仿佛回到自己的童年。

疾病让人产生敬畏和怜悯,所有的杂念和尘世将会远离。在下黄湾生活着一个人,他没有名字,他们叫他聋子或哑巴。他从小有听力障碍,说话有些结巴,智力比正常人低下。他一个人生活着,他没有一个兄弟亲戚愿意照顾他。他不会独立种地,他常年一个人帮村里村外的人干农活,换回糊口的粮食和日常生活用品。他还有过短暂的婚姻史,一个安徽女人带着孩子跟他过了一年多,又带着孩子离开了他。他没事的时候就在村里转来转去,碰到那些孩子们,他停下来跟他们玩。有的时候他也蹭到闲在家里没事可做的妇女家里,帮他们去山脚下挑水。因为他们的男人都去了南方,留下她们独自带着孩子。他给村里的人几乎没留什么深的印象。有他没他,见他不见他似乎没有人问过。有一年年关,他从外头回到下黄湾时,他被人打折了一条腿,村里的人问起他,他支吾半天,也没有说出来。像他这样一个不争世事的人,谁会下此重手呢?但有消息传说他睡了人家的女人,被人撞见了,抓了个现场;还有人说,他偷了人家的耕牛,被人捉住了,送到派出所被打成这个样子的;最为可靠的消息是他扒在别人的窗子看女人洗澡,摔下来被主人知道,叫人打的。

后来在村庄上流传的版本越来越多,没有人知道最终的事情,有人把它看成笑料,有人把它当作笑谈,也有人认为这是谎言。但对他来讲,这个世界是无声和混沌的,他可能听不到或听不清楚,他也不知道究竟发生了什么事情。从那以后,他成了一个彻底没事可做的人。好多人也不叫他帮忙干活了,他的口粮和油盐没有了着落。他不得不从村头开始,挨家挨户地乞讨,这样不免有些被人用异样的眼光看待。没有人跟他说话,连孩子们也不跟他玩了。他的病越来越重,他的耳朵似乎也听不见了,结巴更严重了,靠着手势还能让人看明白。最后,他彻底成了一个哑巴。几年前,我回到村子,我没见他,我问起父亲,他平静地告诉我:他死了好多年。他的死最后也是一个谜,亲属连他的尸体也没见到,骨灰也没有。他们为他修了一个假墓,在村口对面的山上。一个小土丘,没有墓碑。他死于邻县一个小煤窑的一次塌方中,尸体还埋在井下。老板给了他的亲属五千块钱,就把事情打发了。回到村子,他们兄弟还为钱如何分配的事吵过几次。这是后来我听别人讲的。一个人活着,他很孤独,他死了,孤独也就没有了,对于这个村子来讲都是小事。他活着,我们很少想到他,死了,谁还会记起呢?但我一直不明白,他怎么去那么远的煤窑做工呢?是谁把他带去的呢?也许这都不是问题的根本。是什么最终让他死亡的呢?是他自身的疾病(耳聋、哑巴、智障),还是我们对他的无知和心病呢?一个人肌体可能病了,而他的旁观者都是疾病携带者。

有一年雨水淹过了我们村庄,大水过后,大地草木大片枯死。我们回到村庄不久,疾病开始流行。牲畜开始死亡,鸡鸭也接着发瘟。那场大水之后不久,下黄湾死了三个人,一个小孩被水淹死的,另两个是老人,死于痢疾和霍乱。很多人在那次大水再没有回来,他们换了一个地方,把家安在一个樟树下(地名)。我家在那次大水中,只剩下宅基地,不留一片瓦。这是我祖母讲给我的。第二次大水是在十年前,我刚离开下黄湾的时候,庄稼被淹了,牲畜暴死在水里,它们把疾病留给了那片土地。邻村几个地方很多人出现过2号病(又叫"副霍乱"),但没有死亡的报告。人们在惊恐中紧张地过着,那生命不能承受的疼痛,现在想来还有些惊悸。疾病是永生也是永灭的,没有人能祛除。

我在下黄湾见过那些垂死挣扎的人,见过那些疾病隐在身体的人,想起他们呆滞的,疑惑的,平静的,急躁的目光,而我总是避开那人群中显露的表情,把他们隔膜在村庄之外,被时间和生活遗忘,自己和他们一样无可奈何。

村　乱

一

　　它挂满大大小小蜘蛛网，木栅子的窗户上，清晨的阳光从那里照进来，低潮而幽暗的房子里，祖父（刘氏）躺在竹床上吧嗒吧嗒地吸烟，他靠在土墙上，那只花猫依偎在床边眯着眼睛。炊烟在村庄升起来，我闻到草垛燃烧时的气味，这种潮湿的气味，中草药的气味，牲畜粪便的气味正沿着秋天的大道奔袭，在房间弥漫。远处的磨油坊传来茶油芬芳的香气，我经常去那里，坐在牛背上，围着磨子打转，听碾子不断地捣碎茶籽、菜籽、棉籽、桐籽发出的声音。一遍，又一遍。我祖父（刘氏）从前是那个油铺的老伙计，从前的磨油坊是个大食堂，他年轻的时候在那里干过事务长，负责全村子的人吃饭的事情。大锅饭吃了不到两年就散伙了，大食堂就改成了磨油坊。七八头牛拉着磨盘不停地转动，那时候我们骑在转梁上玩耍。我祖母一条腿在1960年落下残疾，干不了田地里的事情，村里人为了照顾她，祖父（刘氏）一直在那里干着打油的事情。那座土砖砌成房子，被油烟熏黑的木梁，老去的牛皮挂在墙上，草帽和蓑衣也挂在墙上，不用了，那些坏掉的农具堆在墙角，人们懒得管了。我们小的时候把它当作废铁偷卖给了收破烂的乡里人，换成糖果和冰棒，我们还到附近的矿井拾那些埋在矿石里的金属，经常被人呵斥着：你们在干什么？我们一忽闪就跑到茂密的林子。

几棵老樟树在村庄的下面,它裸露出粗壮的根,十几头牛拴在那里,苍蝇都叮在那里,像钉子一样,旁边是座低矮的土丘,坟茔种在那里,都是老坟,没有墓碑。好多年了,在这个村子建立之前,他们就被埋在这里,荆棘布满了,有一条小道,从村庄的南头连到北头。一个女人吊死在深夜的树下,多年前的时候,她喝农药自杀过一次,被人救起。她还欠万狗家的半瓶农药没还,她就死了。她有一本心酸的家庭史,他弟弟死于刑场,他父亲死于非命,她的丈夫和两个儿子也弃她而去,她守着她的母亲住在娘家。她死后无地可埋,按村子的风俗,她已经死无葬身之地。后来她儿子把她抬回去,我们也不知道究竟埋在哪里了。那几棵老樟树的命运也和她一起消失了,它被砍掉之后一直遗弃在路边。它每年发出的芽被人拔掉。它的根最后也枯死了。人们才放下心来。但她的母亲还活着,我那年回家看过她一次,她住在一间潮湿而低矮的房子里,已经不认识我了。有一年,我回到那个村子,他们都搬走了,剩下的几户紧闭着大门,铁锁生了锈,夜里不见灯火。杂草生满了院子,树从青石板的缝子长成树。

他们有些人移居到了镇上,有些人一去不再复返,庄稼地留下来,野草爬满了一地。荒废在那里的烟花厂,伫立着几间小房子散落在坡地上,围墙被人拆走了。这让人想起多年前的一场灾难,它撕毁了那一张张青春灿烂的脸和夺走几口人活着的生命。看厂的老人还待在那里,他守了好多年,从那以后他再没领过工资了,好在他住的房子还在,他种的青菜和庄稼在那边向阳的山地上。我想那么好的菜地,却不见有牛啃过。我不认识他,他面无表情地看了看我,他低头晒着太阳。一条机耕路上以前走过拖拉机,轮胎陷下的迹痕留了下来,雨天积满水,我有时深一脚浅一脚地踩过去。机耕路一直通到山脚下,村子的北头是个碎石厂,现在被废弃了。乱石把一个村民砸死了,半边山的石头也被炸掉了。

我小的时候经常翻过这个山头向北就能看到长江,坐在凉亭上听江轮的汽笛声。凉亭建在山顶,大约一百年的时间,石碑上刻着捐资人的姓名,墙壁上写着一些人到此一游。青石板蜿蜒于山林中,凉山两侧下是凉山水库和万家湾水库,建于1958年。一百年的陈迹还有一口井、祠堂和一片桐子林。多年前,煤矿开采到那里,水井淹死了我的堂妹,后来被人用土填埋了;祠堂在"文革"的时候被彻底毁掉了;桐子沟那时候的桐子还能卖到油铺去磨油,村子的油灯都是用它榨出来的油。后来,用上了电,他们把那一片桐子树全砍了,当柴火烧了,只留下一个地名:桐子沟,像我的出生地万家湾一样只有地名没有人住在那里了。

那时候还有大片的梨树林,我不知道它们什么时候被栽下的。皂树林也是一大片,在村子的空地上,它的果子可以用来洗涤衣物。空地下是万家湾水库,碧绿的水面宽阔地漾着波光,天空下,山鹰徘徊。我记得皂树林的旁边是一口青砖窑,在靠近水库的地方,它隆起的上方,有口眼儿,是往里浇水的地方。窑烧好了,青砖或布瓦运空的时候,我经常爬到上面去往里看。这是一个外乡人开的窑子,他有四十多岁的样子,长着络腮胡子,他什么时候来到这里我已经没什么印象了。他一个人住在窑子旁边自己搭建的简易房子,有人要建房子,需要烧窑的时候,他才开始忙起来,砍柴和筑砖的事情,人家都准备好,他只要把砖往里摆,再用柴火烧上几天,他就闲下来。他没事就找村上的人聊天和打牌,有时候也给我们一些糖果吃。他在我们印象中是一个好人,但我们不喜欢跟他玩。因为他不喜欢洗澡,身上散着汗臭味道,他头发总是乱糟糟的。后来村子发生一件大事跟他有关。有一次,他和村子一个女人睡觉的事被人看见了,就在砖窑里。事情被人揭发到女人丈夫那里,弄得村里村外,风雨一片。他没法再在这个村子待下来,他连夜带着那个女人逃走了。那口窑子在那年夏天被人砸掉了,长满了草,跟什么事情没发生过一样,那块地又恢复了原貌。

二

有一年大水,山洪泻下来,水库淹没了那个土丘,也淹到了家门口,夏天正奔跑而来。突然有一天,村子来了几个陌生人,他们在村子周围转了好几天。他们好像要到这里开采煤矿。过了好久,矿井终于在村庄对面的山脚开工了。村上的壮年都去那里下井做工,女人也打些杂工,村庄通了电,孩子们有时候开始彻夜不归,他们整天去矿上玩。矿井开工了不到半年就被查封了,煤层刚找到,就不让开采了。他们只能在晚上偷偷地开工。老板开始拖欠村民的工资,他们还是不分昼夜地干着。半边山的枞树也被砍伐完了,老板欠着村里的树款没给,煤矿就透水了。老板跑了,幸好没死人。他们在失望中把剩下的煤搬回了家。

但是没有任何人能够阻止即将发生的一切。那时候石灰窑和红砖窑陆续地完工,它们需要大量的煤燃料。村民开始看到希望,煤炭开始涨价,更多人投身到小煤窑的采挖中来。村子上接连开挖了好几个煤井, 三五个人合伙就能开工建设, 不久煤就采挖了出来。另一家镇办的河口煤矿在村庄的不远处,也采挖出煤。废旧的塑料和铁,发了臭朽木泡在被机油污染了水中,淡黄色的混合液咕咕地从那个大池塘经过沉淀后,再流到另一个池塘,散发出臭味流向稻田,另一部分流进水库。我父亲曾在这个矿井做过十几年的窑工,我经常能吃一些又白又大的馒头,那时是我最大的幸福。村子的人多起来,有从四川、安徽和福建来的矿工,他们到附近的村子租房子,他们很少拖家带口。

我记得有个四川人,他带了一个比他小很多的女人住在村子上,女人平常给他们的老乡洗衣,有时闲的时候帮他们做饭。村子有几个青年没事可干经常找她玩,时间长了,就有各种故事在村子流传。我见过这个女人,她喜欢穿碎花格子的衣服,人长得很漂亮,白皙的脸上笑起来有两个酒窝,夏天来了,身体饱满地四处散出青春的芬芳。她从村头那条小溪经过,或者她从青石板的小路经过,她通常会引来男人们的观望。晚上还有大胆者爬到窗格上看她睡觉和洗澡,人们津津乐道于她和某某种种风流韵事。

我记得她在村子是最后一个离开的,她的四川老乡都走了,她丈夫死在矿井里,赔了4000元钱。她守了七天灵柩,把他埋在山里一个废旧的矿井旁边,她还栽了几棵柏树,柏树活了两棵,其间有一年她还回来看过,她带着她女儿一起来的。孩子四五岁,她在村子还借住了几天,她在我们看来,还是那么的好看,那么的饱满,而且她和从前一样话也不多。

父亲那年也在矿井中受了重伤,病好后,他在家休息了半年。这半年里我帮我父亲站岗,去煤矿偷偷拿回了几棵可以做木梁和门板的枞树,在风高月黑的夜晚,想来真是可怕。半年多的时间,我在出门时总害怕地走着,好像背后总被人盯着。有一次,我们村一位青年去煤矿偷了雷管和炸药,被人举报了,被关进了劳教所。那时他家里也穷,他还有一个残疾的父亲等着他去养活。庄稼又没法种了,被污染的水浇到地里,禾苗就枯萎了。

那一年,福建的窑工带走了我们村最漂亮的两个姑娘,这件事在十里八乡掀起了轩然大波。有人说,福建人品行不好,也有人说,是姑娘耐不住寂寞,整天往男人怀里钻,是饥不择食。还有的说,这姑娘是看上福建那个包工头的钱,享福去了。有几个好事者一天夜里跑到矿井找福建人闹事，后来领导拿了几条烟，大家都散了。后来跟着外地矿工远走他乡的女人多了起来，大家觉得也平常起来。

煤矿在不断地被开采，秋天来的时候，那片稻田收割后，下了几天秋雨，稻田还多处深陷进去一个大漩涡。有的人臆想一些事情让他们开始迷信起来，他们请来巫婆和道士做法事，并且搭台唱戏，驱赶妖魔。但这并没有阻止正在发生的一切，有的房屋也开始出现裂缝，地基下沉。这是不祥的征兆。水库的水位在急剧下降，在第二年夏天来临的时候，几场大雨也没能挽回它干枯的命运。他们开始联想这一起发生的事情，有人终于想到这些事情的幕后凶手是那些大大小小的矿井。他们开始到镇上反映情况，执法者用炸药彻底毁掉了那些无证经营的矿井。但山泉在夏天还是消失了，他们不得不到很远的地方挑水吃。这样的日子持续了差不多五年，他们在到处打井找水，都没有成功。

富裕的人家开始搬家了，把房子建在马路旁。愿意搬家的由政府移民建镇，每户补贴了一万元，这只是杯水车薪，他们像那片稻田一样陷于又一个漩涡中……他们中有我的同龄人，而越来越多的年轻人他们去了更遥远的南方，把命运的全部交给了未知的明天。其中有人去了十多年，没有返回故乡，他一点儿音讯也没有，他走的时候他父亲还活着，他母亲还守在自己的土地上。他仍旧没有音讯，他的父亲死了，他的母亲回到她儿时的故乡，去了新疆。他的房子墙体开始斑驳，没有人打理，雨从屋檐漏下来，深深的一道痕迹，长着青苔，窗子结着蜘蛛网……

他们终于把自己搬走了。一点遗憾也没有。

我叔叔来电话告诉我，他终于可以逃脱那个鬼地方，他可以重新构想自己的现在。我想这也许对他们来说意味着好事，他们离城市更近，他或许可以找到更多机会。但我不知道这样的结果是他们事先预设好的吗？他们一步步地把自己逼到没有退路时，他们就和我一样成了没有故乡的人。

三

我们都无法预知自己的未来，当我们拼命地往一个方向赶的时候，一条铁路开工了。他们耕种的土地被卖掉，房子被拆迁，他们好多人趁此机会把房子搬到了镇上。他们都成了游手好闲的人。河口煤矿在这条铁路没有开工之前就关闭了，它因坍塌事故死了几个矿工，水泥厂有一天没一天地冒着烟，他们干活没拿到钱，也不干了。有人被机器废掉了一只手，他不停地回到那里，没有人将这件事承担起来，水泥厂又被易手了。那几口粗大的烟囱还在，围墙被附近的村民推倒了。杂草长满了那个院子，旁边的庄稼地也荒在那里，落满灰尘。

在我的村庄，有几处没搬迁的房子还留在那里，有几个老人守着，屋里沾了灰尘，没人打扫，年轻人很少再回来，土地闲置起来，庄稼没人种了。被拆迁了房子的地基上也长着杂草和树，已经找不到路了，残垣断壁都留在那里。新建的祠堂还留在那里，土地庙也留在那里，树疯长成一片大林子。水库开始蓄水，还有几只野鸭子游在水面上。

我没想到。

我没想到的还有一件事情，在万家湾水库的堤坝下的那个油铺原址上，有人建了一个小炼铁厂，污水又流到稻田里。有各地的民工二三十人，像从前那些矿工一样是四川人、安徽人，或者河南人，当然也有本地人。他们又回到了我以前的村子，租住在那里。我来不及去想这些事情的时候，铁路边上的一条公路又动工了，征地、拆迁——他们都抱怨钱分得太少了，抱怨自己为什么当年不要那里的田地，甚至有人想些办法把乱坟岗上的无名墓碑迁到公路修建经过的地方。我们村子发生了许多事，有人喝农药自杀了，有人疯掉了。想起这些年，在我经历过的那片村庄上，他们经历的那些不平静的生活，我总是不断地安慰自己，时间过得真快。

如果还有事情要想起来的话，我觉得有个人，我应该写到她。我已经忘记了她的年龄，我小的时候，我觉得她已经老了，二十多年过去了，她还是很老。但不久前，她死了，没有人为她送终，他们就把她埋了，埋在她儿子的身边，没有墓碑。她一个人生活了很多年，年轻的时候死了丈夫，老的时候死了儿女。她辛苦拉扯大的儿子死于矿井瓦斯爆炸，后来煤矿塌方，连尸体也没分辨出谁就埋掉了。她的女儿结婚不久跟一个外地人跑了，她无可奈何。那时候，她被一村的人瞧不起，她见谁都低着头，有种埋在心底的自卑感，她羞于见人。那些年，她爱跟我们这些孩子们玩，而大人们总是让我们躲闪着她，他们说，她是个不吉利的人，是颗扫帚星，沾上谁的话，谁就会有霉运。我无法读懂那时候他们复杂的神情，这大概就是我知道的那些村里人，其中也有我的父母……

那一年，我的父亲母亲离了婚，在我少年的心灵烙下深刻的阴影，我害怕见到熟人，害怕别人知道我的家境。我不知道自己为什么总有那种无谓的担心，我在村里唯一不怕见的人就是她了，我喜欢听她给我讲的那些自己和村庄的事，全是快乐的事，我现在记着那些事。她是个了不起的人，她把悲伤留给自己。有一次，我回到万家湾，她还能认得我，拉着我的手不放，她说没想到啊，真的是你，这么多年啊，你还好吧。那是我最后一次见她。我塞给她一些钱，她不要。我说，你留着吧，买点油盐酱醋。她是我们村庄最后一个老人。

　　我的祖母死的那年,我在西北偏北的地方,她很爱我,她是这个村子活得最久的老人,她活了85岁。她在我记忆中是那双皴裂的手、皱纹深刻的脸、苍苍白发、昏黄的眼神和不灵便的腿脚,它构成了我对村庄最初的了解;它是有历史的,是经历着的过程。她完成了她的曲折的一生。她的记忆没有童年和故乡,她小的时候从哪里来,她已经没了记忆,她的姓氏:童——也是被人反复辗转的时候留下来的。她来到我祖父(黄氏)家的那年她12岁,民国二十二年,即1933年。她1933年—1950年生活在下黄湾。其间我的父亲出世,祖父(黄氏)死于1949年,疾病,病因不详。1950年—1986年生活在万家湾。母亲(刘氏),童养媳;1960年祖母左腿落下残疾,病因:风湿引起;祖父(刘氏)死与1995年,终年72岁。 1986年—2006年生活在下黄湾。其间父亲母亲维系多年的婚姻结束;姐姐出嫁。祖母在2004年大病,从此卧床不起。

　　这是她全部的历史,只有大概,被省略掉的句号,村庄可能到我这里也结束了。它留下的是那些地名和姓名,甚至连姓名也被人忘掉了。

异 乡

一

　　昨天黄昏的雨急剧地落在对面的玻璃上，大风胡乱地刮了一阵子，把枝丫、广告牌刮到意想不到的地方，扎伤了旁边公共厕所的大门和汽车。另外，塑料袋挂在树枝上。走在马路的人斜着身子，雨打湿他们一层薄薄的衣服，不经意地看见女人的隐现的肉体，仿佛渗出泥土的味道。街道边的小店驻足了躲雨的人——银行的厅里大人也突然一下多了起来，雨哗啦啦地滴打着地面，低洼处积满了水，有人吆喝人力三轮车车夫，一元钱，帮你踩过去。这来之不易的及时雨，一扫他低迷的心情。在通常情况下，他要不断地在小区周围喊叫，收各种旧货、废纸、空瓶子和清洗抽油烟机。保安及时制止了他的行为，并驱走他，他的背影在黑铁的栅栏边或者围墙外徘徊，仿佛车轮声正在穿过每一条街道，颤抖不止。他的手布满了皱纹，粗糙得像废弃的厂房车间上的铁器，许久无人打理，布满锈，许多人看见这，不是怜悯，而是顿生恶心，我承认他们像我一样的恶俗，不了解他内心的真实。我想着以前我在矿山中见到的悲伤，我的乡亲的手被机器卷进，被消化掉，他们需要生存，还是需要尊严？有人从洗衣店出来，身上那种微微的乙醚气味，她把喝完的可乐瓶甩到马路上，雨水又把它淌到路边，他快步上去拣回来。我想他没喝过可乐不要紧（我的父亲也从来没有喝过），幸运的是他捡到了可乐瓶子。

我的楼下经常集满了打短工的人，那一块块纸牌上写着：木工、泥瓦工、电工、油漆工、清洗工、搬运工，他们围在一起打牌、闲话、下棋，没事可做就露着胸膛睡在铺着报纸的水泥地面上。偶尔有人走过去，他们围上来讨价还价——僧多粥少，他们没有着落，站在街上，无处停靠。在那灯火阑珊的晚上，我又见到他们在那里寒暄，踩着人力三轮车不停地招呼路过者。直到深夜，他可能蜷缩在城市的某个角落，找到一处安身的地方。我无法料断他们的今天和明天，像少时我心灵内处不知道自己的父母的含辛茹苦。那一刻，其实大家都很渺小，只留下巨大的建筑物和树，但我从来没有感觉到任何的有所不从。有的时候，我觉得自己走在路上，我离自己的内心真的很近。我被生活解构得不像自己的时候，我似是而非地过着所谓的体面生活，像个局外人，内心无处安身。

二

过去的几年我曾在一家印刷厂的四楼上班，整天的机器嘈杂声不断地震痛我的耳朵，我在一家我怀疑是在做盗版的图书部做编辑，我们躲在最里层那间幽暗的房子里开灯工作。杂乱的地方，拥挤着三张桌子，上面放着糨糊、剪刀、发稿单、青春期刊和书。我那时的灵感全部来自那里，我把最美好而又理想的憧憬留在了那里——我们天天面对订阅的各种报刊，不断拼凑出《少男少女青春期教育》、《初恋无痕》、《坏孩子》等。我有使不完的力气，但没事可做。我经常去一个无事可做的甘肃人那里喝二锅头，下酒菜有时是几根烟或者他自己腌制的酸掉牙的泡菜。他有一天没一天地打着短工，有时他还去师大读自考，我不知道他具体做什么事，我的青春就是这个样子,跟着他去上课、去看女生、找女朋友,或者一个人睡觉、写诗、闲逛、梦遗。

那几年,我不断地换工作,从玻璃隔挡,看着美丽的同事,也是一件得意的事情。她是老板身边的文秘,她喜欢小声地跟别人打电话,看《时尚》杂志和《美容》,记录考勤,制定公司各种规章制度。还有她没事的时候就给客户倒水。她是个皮肤洁白个子高挑的姑娘,她浑身散发的少女芬芳,我都喜欢。但我不习惯她的尖细的说话,她还有缺点,比如说,她的高跟鞋总是把地板敲得咚、咚、咚、咚地响。她可能还是个青苹果,她有两个小小的乳房,脸上有几颗青春痘。我们都爱议论她,有时候,这是不道德的——我有时在梦里看见她赤着曲美的身子。

那时候,我住在南郊的一个村子,夜晚情人出没,我一个人独自听着他们在春天的夜里做爱的声音,美好而生动……我在明德门那一大片杂草丛生的广场,走来走去,情侣们在黑暗的夜里拥抱、亲吻、私语。夏夜,我约朋友经常去那里喝啤酒,吃西瓜,然后我们一起旁若无人地对着他们的方向撒尿。我的恋爱也是那个样子,有头没尾的开展,我们把青春毫无保留。她把乳罩和内裤晾在走廊的过道,有时还摔碎酒瓶,在墙皮上贴满纸条:今天,没事做,上网半天、我去做头发去了、晚上一起玩……床头放满烟盒,卫生纸和避孕套,还有几本书,有关瓷器和日本建筑方面的书,酒瓶摆了一地,想起来住在隔壁的拾荒老人已经搬家了。这个院子,我没有一个熟人,他们经常搬来搬去。我也一样。在杨家村191号我住了2年;在225号我住了半年;在189号,我一直住到我结婚之前,我在那个村子搬来搬去,房子越搬越小,光线越来越暗。它的租金越来越贵,这是件没有办法的事。

三

我在明德门上班的时候,那里还是一片庄稼地。几个工地正在开工,朱雀路修到医学院就停止了。公交车通到八里村就不走了,再往前就是一条土路,拉客的摩托车扎堆在一起,两元钱把你送到不到一千米的目的地。后来有了中巴车通往更远的郊区,等到路边的房子盖起来,市政建设的下水道已经开挖。路边的民房开始改装成门面房,快餐店、美容美发、诊所、银行、网吧和五金店陆续开业了。他们吃喝着生意,人开始多起来,但依旧清晰地听得到野外的虫叫。小贩的叫卖特别有劲,新鲜瓜果、蔬菜和小吃,从不远的乡下运过来。在工商银行门口,人们排队去买火车票,他们手里被人塞满附近几个楼盘的宣传广告。他们瞧了一眼,随地撒满了。这些印刷精美的纸张,很快成了废品收购者的囊中之物,没有人仔细看完这些宣传单,但偶尔有人把头转过去,看夏日低胸的女人昂首走过广场。

我在明德华园7楼上班,从窗户向北就可以看到那条马路像蠕动的肠子,有几辆公交车把终点站放在了楼下。我从这里乘车出发,可以去火车站、钟楼、纺织城和土门。设在附近的明德门长途汽车站也开始营运了。不久,这里有了丁字口,装起了交通信号灯,但时常不亮,也没有警察指挥。我下班后,去那条小巷吃饭,吃菜夹馍、汉中凉皮、菜豆腐、米粉等,价格很便宜。有时也听秦腔。秦人贾平凹写过一篇《秦腔》的散文,他说:"历史最悠久者,文武最正经者,是非最汹汹者曰:秦腔也。"听秦腔,长唱和短调都是吼,是叫,绝无妩媚之气。我喜欢那种露天的场子,人们席地而坐,听一曲《周仁回府》,听梆子打击声,真是快意。后来那块空地建了房子,成为饮食一条街,我也就很少去那里了。

黄昏的时候,小摊贩们出来在那里摆摊子,车夫登车出来。城管执法者一来,他们一哄而散,赶紧卷起东西走人。来不及躲闪的小贩被没收工具和货品,他们无可奈何地看着城管开车离去。运气好的,城管把他们赶到小巷里,不再追了。他们隔三差五地查,反正大家的生活还得照样过着。他们像草一样,被割了一茬又冒出来。我在明德门的时候,也常常在黄昏的时候扯起了地摊,卖一些对我来说,没用的旧书,其中有:

《中国性史图鉴》,刘达临著,定价:58.00元。因为我有两本,其中一本是盗版书。

《天水历史文化丛书》,十本。我去过天水很多次,它对我来说,太熟悉,我也读了很多遍。还写过一篇文字《我一知半解的天水》。我想卖个好价钱,但一直没卖,直到现在还摆在我的书房里。

《笑林广记》是一本有趣的书。

《善恶的彼岸》,尼采的哲学,很枯燥,翻了很多次,都是读了前几页。

·《西安名胜风物趣话》,我也是从一个旧书店买的,很多年前的书,被人撕掉了版权页,没有定价,书脊上印有陕西旅游出版社字样。我买来时花了10元钱,卖出只卖了5元。其他的书大概是朋友送给我的著作,有些也卖了,大约几十种,每种都是3元。有一天我突然在一家旧书店见到一本朋友送给我的书,因为扉页上写着:请黄海兄批评。我花5元钱又把它买了回来。

真是没想到。

四

我时常搬来搬去。最初住在西郊的钢铁厂的大院里,那是很旧的几栋上世纪五十年代的中苏结合式风格的建筑，我在雁塔西路办公时也见过这样的建筑，五层，砖混结构，拱形的窗户不大，楼梯很宽，上下很宽敞，走廊也是阳台，开放的。房子是四间，没有厅，一推开大门就是厨房，接着是卫生间，然后是两个卧室。我和一个整天没事可干的老人住一起，他不要我的租金。是我的一位朋友推荐的，因为他丧偶后没人说话，我就搬了进去。他懂一些中医知识，喜欢跟人谈中医保健，很健谈，经常跟我谈一些房中术，他看上去不像快70岁的糟老头。那里离我上班的地方很远，我每天骑车穿越大半个城市去东郊。我大约在那里住了大半年。有一天，我不想住在那里了，我搬到了太平巷，冬天来了。我依旧记得我楼下是家皮肤病性病诊所，他们穿着白大褂，挂着白门帘，被查了好几次，又悄悄开业了。一条逼仄的巷子进去，是个大院子，房东养了两条土狗，经常对着陌生人叫喊，住户也不例外，吵得我有时没法安睡。最为气愤的是我的房子有小偷光顾过两次，共拿走一双鞋子、一个电饭锅和一个台灯。但我一直坚持住到这个村子快要被拆迁的时候。后来它扩建成大雁塔北广场，我走在它上面的时候，想起那块砖的上面，以前我没事还在这里发呆。

搬到杨家村的时候，我换了一份工作，我开始谈恋爱，在明德门上班，不用骑自行车和乘公交，离得很近，步行就去了。我的女友住在瓦胡同，她有时来看我，我给她带回草莓和樱桃。她害怕老鼠和小狗，不喜欢吃洋葱和豆制品。我不喜欢的有鼠标、剪刀、打卡机、钥匙等。我每天面对的电话、计算器、糨糊、传真、表格、遥控器、信件、钟表、塑料、水泥、玻璃等，接下来是无以复加的失落和无聊。到后来我搬到明德门小区11号楼，我最大的家当是一堆旧书刊，我用一辆三轮车就把它搬走了。此前，我看见一个年轻人从5楼跳下来，他也是被一辆三轮车拉走的。还有一个是煤气中毒死亡，他也是这样被三轮车拉走的。我在那段岁月听见别人的号叫、半夜摔瓶子、叫骂、争吵、敲门,进出者有我、吸毒者、二道贩子、小偷、保安、好事者等。

在我没有成为一个游手好闲者前,我经常担惊受怕。好在隔壁邻居养了一条壮硕的狗,它总是莫名其妙地吵醒我。夜里,没有人阻止我进入自己的梦里……

五

我从目睹一条路的变化开始,楼房陆续建了起来,十层、二十层、二十九层,一大片小区和学校、超市和菜市场,娱乐和健身,漫步者无处可走,在铁的工厂和建筑面前,我们显得多么渺小。我不知道每个在异乡走动的人,他是否有一个永不变化的故乡?这种变化让我习以为常。我总是在不可预测自己未来的时候越走越远,我从小镇四顾阃到大冶大道,然后又从黄石大道到长安路,我的变化随街道一起出发、伸展和蠕动。最早的菜市场是露天的,他们把青菜瓜果放在地上,然后是干货和调料摆在三轮车架上,后来有人在那片空地支起了一个大棚,他通过这样的方式收取租金,再在旁边盖并排的门面房。来自四川和甘肃的生意人在这里开了很多小饭馆:麻辣米线、火锅、兰州牛肉面、盖浇饭等,再往里是药店、计生用品店、棋牌室,一排很多家,它们通宵营业,可见它们被需求的旺盛。

但是过了几年,以前修好的路又要拓宽了,它被重新挖掉,种好的草和树又被挪到另一个地方。临街而建的门面写着一个个巨大的"拆!"字,栅栏已经围起来,上面贴着施工许可证和宣传标语:施工给你带来的不便,敬请谅解。这让我想起一个疯子有一天躺在马路上,举起牌子——请让路。时间滴答滴答过去了好多年,那片原来离城很远的仪表厂转眼就和城市连成了一片,低矮的厂房在一条街道的里头,那条路还没有被命名,已经被翻修了很多次。以前的旧家具市场不知道搬到哪里,在原地上建了一个加油站和一个加气站,若干个汽车美容和修理点。仪表厂的女工走过马路去对面的食堂吃午饭,车辆稀稀拉拉地从那条路上穿过去。去年我一个朋友不在那里上班了,他们单位经济效益不太好,他现在在那条路上开了家快餐店,他以前的工友也常去他那儿吃饭。我去过几次,他们生意一般,经常有城管和卫生部门来检查,主要是一些数额不大的罚款,还有一些地痞每月要些保护费,他报警了几次,来人做了笔录,最后还是没有结果。反正生活还得这么过着,他想。我以前也有过开店做小生意的想法,一想起这么多烦心的事,我心里总不是滋味。他多像我一个从乡下来的亲戚,我有时还见他的背影在行走的人群中穿行,但很快就消失了。很多时候,我们和他一样每天面对不同的处境,像个穷人一般坚持自己的快乐,没人知道。

他们的忙碌的背影加速了街道延伸的速度,很快它和另一条路连接起来。它从一个村子穿过,它被拆得差不多,路边又开始建房子,到处弥漫着尘土、机器嘈杂声,城管根本不去那儿,因为商户还没把门面装修好,但已经有人在此叫卖西瓜、雪糕和冷饮,夏天正波涛汹涌地到来。

六

我常带儿子去楼下广场散步,他正是咿呀学语的年龄,他歪着步子跑来跑去。有一次,我让他把没喝完的饮料瓶扔到垃圾桶里。刚扔完,我就看见一个拾荒的年轻人躬身下去捡起来,把没喝完的饮料喝完后,把塑料瓶塞进蛇皮袋。看到这一幕,我内心顿时颤了一下,我多年经营的生活观念突然被现实撞击得支离破碎,又是那么苍白而无力。我从一个异乡人成为另一个异乡人,而他却是生活和心灵真正的独行者,没人能阻止他始终低于生活之下的状态。我跟他相比,我无法贴近这个城市聆听,我只是个漫步者。还有好多人,在谈论摄影、美容、美食和家长里短,还有好多人在等待自己的顾客,你也许是他第一个上帝,但你无力满足这么多人的心愿。我带儿子去坐人力三轮车,去吉祥商业街,1元。我回来又坐另一辆三轮车,1元。我不知道这样做有何意义,卡夫卡在《论比喻》中说:不可理解的事物就是不可理解,而这是我们本来就知道的,我们每天为之劳心劳力的是一些其他的事。我在生活中多半是在不断充当一个不恰当的角色,有人高声叫喊你吗?

也许,你根本不需要对生活保持必要的警惕。

我见过你白天紧张地上班,晚上哄孩子睡觉。还要洗尿布、衣服,给孩子喂饭,你住的房子每月付物业费150元,租金800元,水电费100元,奶粉每月600元,伙食费500元,交通费300元,电话费200元,其他300元。你月工资4000元。看病,请客送礼后所剩无几。你老婆每月1200元,基本够自己花。在这个世界,年轻姑娘们都喜欢花天酒地的生活,她们来自五湖四海。你昨天把手机弄丢了,你心痛半天,今天你买了吗?而你一脸的迷失。

早晨,公交车在第六个站牌下面出发,我在阅读报纸的一则旧闻,我要去南二环一家公司上班,经过西斜七路、科技路和唐延北路到达那里,机器打卡,按指纹,自己越来越像个机器,周而复始。办公室内墙上写着告示:严禁吸烟、禁止喧哗、按时上班等,没有人打量你的行踪,他们坐在座位一动不动。窗外,奔跑的汽车带来不安的噪音,电话铃声在响,对于这一切,我永远是个旁听者,虫声被它彻底湮没了。

我儿子没见过蜗牛、蝈蝈、蚯蚓、甲壳虫、猫捉老鼠、老鹰抓小鸡，他特别喜欢看漫画片中的这些动物造型，他去动物园也没见过。他问我，他们呢？我说，在故乡。故乡对于他这样的年龄来讲没有概念，更没有意义。故乡在异乡之外，对他来说是异乡的异乡。

七

我小的时候身体不好，经常吃药打针，黑黑瘦瘦，连乡卫生院的中年男大夫见了我，也脸无表情地看我。他表情呆滞地给我号脉、开处方和打针，我经常见他穿着中山服，戴着黑色镜框的大边眼镜。他是个格外让我畏惧的人。在章山卫生所，这座青砖房子长满苔藓，蔓藤也爬到了屋顶，有些阴森可怕。我在那里喝泥罐煎熬的中药，一天两顿。多年后我来到县城读书的时候，我印象里的医生全是像他那副模样。其实，在我意料之外的是给我做入学体检的大夫全是穿着白大褂的漂亮女医生。她们性格温和，讲一口普通话。夏天，她们身体饱满，面若桃花，给我留下美好的印象。排队拿表格，排队量体重、身高、胸围、血压、抽血、透视、心电图，我在她们手上像玩具一般摆来摆去：好了，下一位。多年以后，我还是这样排队挂号，排队就诊，排队化验，排队交钱，排队上学，排队就业，排队买票……我知道排在我后面还有好多人，排在我前面的还有好多人，我们前赴后继地跟着。他们明知道有些等待是没有结果的，有些等待会是一个陷阱，但我们不忍心这样失败，这样被人抛弃。我小的时候被要求这样，我长大了也没办法改变这些。我从下黄湾来到明德门，我也是排队过来的，一路上我排队买好了票，排队上了车，排队吃了饭，排队下了车，后来又排队进了公司。我也看见一个朋友,他排队住医院,排队死了,排队去殡仪馆,排队火化。我心里有些难受,他活着的时候和他死去一样都在排队。

昨天,我的父亲打电话问我:工作的事安妥好了吗?

我说:没呢。填表,盖章,找领导要排队呢。

我父亲在电话那头忽然忧伤起来,他知道我做的每件事情都是那么经过长久的等待还无法预料结果,我无法安慰他。我想起我当初一个人义无反顾地来到西安的情形,那个黑压压的夜里,在一个陌生的异地,人们行色匆匆,我问他们,去土门坐哪一路车?他们疑惑地打量着我,十月阴雨的天气夹着凉风把我单薄的身体吹动,我仿佛一个天外来客被他们的目光置之度外。十年来,我在这里工作、结婚、生子,一切被时间磨去了锋利的刀刃,它迟钝,甚至锈迹斑斑,它越来越不起眼,让我成为生活中一个守望者和退缩者。我的身体开始臃肿起来,酒精和脂肪堆积的胃和腹,步调明显慢于去年,脾气越来越糟。我在异地行走,这一年,下黄湾发生三件大事:

一,儿子降临。

二,大旱,庄稼枯死。

三,我的祖母死了。

八

我去西安东郊找一个叫陈福民(化名)的人,他在一家瓦窑厂上班,每月工资1200元。住在纺织城的某个村子,月租100元,面积10平方米,单人床,一台旧电视和一个电饭锅,煤气灶放在走廊过道上。他是我从前的朋友,1999年我在师大认识他的时候,他还在读自考,喜欢摇滚和诗歌,后来被同学骗到广西搞传销,在南宁待了两年,回西安找过我,我帮他在一家印刷厂找了个工作,但他只干了一段时间,又不停地换地方。先是在快餐店做服务,后在建材市场做导购,又干过推销员,后来做了卖苦力的民工。我每次坐在他的房子里,他眼神有些恍惚,他很少和我主动搭话,不停地抽一种"延安"牌香烟。我们间断地沉默着。我每次去找他,先坐401路中巴车到终点站霸桥发电厂下车,差不多一个小时路程,然后又坐很久三轮车。他的房子在顶层,夏日灼热的阳光照在屋顶上,热浪滚滚,像住在蒸笼里一般,他赤膊而坐,水泥地上散着烟头,还洒了水,屋子里充满混杂的汗臭味,实在太热了——他用水龙头的自来水擦洗自己的身子。他宽实的肩膀上有条深深的痕迹,那是干活留下的。他说,每个月剩下的钱寄回家了,他的父母治病需要钱,妹妹上学也要钱,他读书欠下的钱没还完。

他见了我,只说这些,我明白,他是个孤独的人。他没有朋友,有时喝一点酒,他桌子上放着小瓶的红星牌二锅头、纸、笔、录放机、磁带、袜子、烟、水杯、碗筷等,还有一本人民文学出版社出版的《海子的诗》。这本书角翻卷了起来,被手抚摩过很多次,封面有灰尘和手印。可能是信号不好,或者是他需要一个时钟,小灵通挂在墙上,半天没有电话响。他多少有些寂寥和空荡,即使是在这让人忧闷的小屋里,他身体和灵魂的孤独让我肃然起敬。但是我感到很无奈,这种无奈是我无法说出来,它像针一样刺痛着我,让我在这里坐立不安起来。天黑下来的时候,我转身要走,他坚持要请我吃饭。我们一起在路边的小摊吃了小炒,他说什么不让我付钱,我给他买了一条延安牌香烟,38元。他送我去车站的路上,我们碰到一个主动搭讪的中年妇女,她在路边拉客,做皮肉生意,30元一次。我们摆摆手,她有些失望的样子。看着她的背影,在夜色里,有些微不足道,我们每个人在那刻看来都是微不足道的。陈福民也是一样的,我也是,在无边的夜色中,灯火只是一点点缀,我走在路上,心里忐忑不安……

九

　　那一年,我去了趟山西,在一家小煤窑见到了我表兄。他蜷缩在一张木板床上睡觉。我几乎不认识他了,如果不是听到熟悉的乡音,他整张脸除了眼睛是露白以外,他毛孔里都是洗不去的煤灰。他以前跟着我父亲在四顾闸的一家私人小煤窑里挖煤,后来被当地政府炸掉关闭,他一个人来到这里——在一个叫不出名的土塬上,村庄看不到,和泥土是一个颜色,只有晚上,灯火闪亮,你能看到那是房屋。一条弯曲的机耕路布满黑色的泥灰,沿途的拉煤车,突、突突、突突、突、突突地前进,车屁股不停地冒着黑烟。他乘拉煤车去一趟镇上,买回香烟、白酒、茶叶和洗衣粉,还顺便去那里理完发,给家里写封信,把钱寄回去。这里有好多小煤窑,四川人、陕西人、湖北人、甘肃人,还有河南人,他们来自遥远的乡下——在地图上找不到名字的村庄。那一年,我在异地的城南客运站行走,我背着一个大布袋在那里等待一个人,坐一辆大客车去另一个地方,还是异地,大布袋里装着衣服、方便面、口杯、牙刷、毕业证,还装着身份证和计划生育流动人口证。我要去见一个人,素未谋面,我在同仁路不停地喊他的名字:××! ××! ××! ××! ××! 路过的人用异样的目光看着我,此刻,西宁温度是零下15摄氏度。我没钱,我没事可做,我只剩下这点勇气喊叫了。我只想去他那里找件事情做,我可以做很多的事,可以拿很少的钱,只要我能留下来,我可能不会被警察收容遣返。我在那里待了几天,我又回到了异地,我没了选择,命运又把我推了回来,我是一个体制外的人,想做一件体制内的活真有些困难。这是一道坎,我始终没能跨过去。

那一年,我在明德门上班。我结婚时,我父亲来看我。我把他安排在杨家村一个私人招待所住下来,10元一宿,他心里不安。在乡下,在他看来,借宿几晚是再正常不过的,更让他伤心的是他口袋里仅有的100元钱也不见了,他为此自言自语了很多天。他老了,没人要他做事。在乡下,100元钱可以买400个鸡蛋,或者10只老母鸡,或者100公斤上等谷子。在明德门,我可以用100元买回大米30公斤,或者5只土鸡,或者鸡蛋250个,这是5年前的价钱。我以前租的房子是100元,现在涨到160元。

其他的事,不得而知。

十

没有人知道这扇虚掩的铁栅门什么时候被卸掉了半块,它锈迹斑斑,这座旧工厂好久没人上班了。院子里长着杂草,垃圾遍地。一个看守的人留在那里,看上去有些苍老。每天夜里,昏黄的灯光从那里照出来,咳嗽声也从那里透出来。这是多年前我在大冶县城见到的某个情景,它只不过是所有往事中的一个缩影。有一天,我忽然想起一个人,她和我同乘一辆火车,想起我们拼命地逃离故乡的情形我就怕。

她一去,从此杳无消息。

一个人去什么地方,后来又到了什么地方,我无从问起,即使我设法联系上她,她可能也不想提起我。因为我们都没法预测自己的未来。于是我想起家乡另一个人,她多年前从故乡出发,和一个福建人私奔到莆田,至今都不敢回娘家看看……年轻姑娘们列队搭乘火车去了远方,剩下老人和孩子,这是乡村悲剧的现实。而她们像断了线的风筝,越走越远……我也是的。当我在异乡的胃肠蠕动时,消化我的不只是钢铁、水泥、霓虹灯、广告牌等,还有这些陌生的目光和话语。我小心地问路,小心地打听一些事情,这么多人往一个方向赶,来来往往,他们都走在路上。多年前,我和他们一样来到这里,或者他们的先辈好多年前就来到这里,他们没有了故乡,只有祖籍,没有了乡音,只有姓氏……仿佛这些都变得不那么重要。我们正沦为自己内心的殖民地,被杂乱的日常场景俘虏。

　　某年我又回到大冶县城,梅雨下了半月,我忽然想起县城泛出阴阴的绿,它晾不干的衣服发出霉味,它的街道被水浸泡。电视新闻每天在播,我没事躲在家乡睡大觉。这是真实的事情,我在一首诗里写着:梅雨下了半月/西瓜贩子没有生意/他们被晾在斑马线旁/城管也不管了/任尔等东西南北/而妈妈早上出摊/现在未归//梅雨下了半月/还在紧急地下/小姐关起大门/不再拉客/有的坐在藤椅睡意浓浓/人力拉车停在门口/半遮半掩//梅雨下了半月/河水不知道涨了多少/鱼肉蛋菜不知道涨了多少/下吧,下吧/夏天又至,大家凉爽/下吧,下吧/一年难得,有人关切/下吧,下吧/还有枯树几年没有发芽/它上面终于有了青苔……

五 个 人

一

类号:I500,6/I;书号:10071·485;出版:北京出版社;西安微电机厂图书室;书名:《荷马和〈荷马史诗〉》;著者:陈洪文;价格:0.39元。

这是粘贴在书籍扉页的卡片。一本属于我最旧的书,十年前的冬天我花了一元钱,在明德门小区一条至今也未命名的路上买的。我搬到这里的时候,那条路上杂乱地分布着旧家具交易市场、废品收购站、户县机场烤肉、大片杂草丛生的空地的水果卖场、库房和庄稼地。城乡结合部——不断拥向西安的农民工、手艺者和游手好闲者,我不知道他们来自祖国的哪个方向,他们和我一样用带方言的普通话询问日常的事情。

明德门地名考:据记载,从朱雀门出,南望外廓城的正南门是明德门。今天方位在西安南郊杨家村附近,与长安县毗邻。而我那时对它的了解突然多了几个词:小偷、盲流和好事者,我在报纸新闻上阅读这里的消息,吸毒、流氓滋事、自杀者和盗窃事件。朱雀路修到西八里村就停止不前,往南是尘土飞扬的机耕路,再往南机耕路通往那片麦地就没有了。路的两边是白色的围墙把工地裹得严实,杂草和灌木在里面疯长。有人把尿撒在墙脚边,(旁边写着:禁止随地大小便)。上面贴满了寻人启事、征婚广告、皮肤病性病广告、办证便条和各种便民服务电话。大写的"拆! 拆! 拆! 拆! "——写满低矮的工棚和门面房,他们置若罔闻地住在那里,不时地向行人招揽生意。公交车的终点站在不远的医学院,我坐人力三轮车(一元钱)去那里换乘5路(五毛钱)去小寨、钟楼、解放路或者火车站。我通常坐402去太乙路祭台村的一家印刷厂车间4楼的图书公司上班,轰鸣的机器声,喀嚓、喀嚓地响个不停。夏天,穿灰色工作服的女孩裹紧胸脯,汗水湿透了衣服。油墨味道和身体的气味混杂在一起,构成了她们青春的芬芳。纸张,那柔软的颜色和张力,正被她们一页页地抚平。我编辑的图书都在这个厂子印刷,我经常找借口去看看她们。

我想起她们其中一个工友,她来自天水的农村,她有美好的面容,身材曲美,我常常没事的时候去2楼找她搭讪。她戴有毛线手套的手还是粘满黑色刺鼻的油墨,她用肥皂洗掉这些油渍,再用汽油搓洗剩下的污垢。冬天,她皲皱的手涂满廉价的防冻霜,但她青春的身体没有人可以挡住。她在车间做了不久的领机助手就调到办公室做文秘。我有时候还去她们车间看看,白色的墙上写着"禁止烟火、安全在心"几个朱红大字,《车间员工守则》、《印刷车间管理守则》也挂在其上,我过去没有仔细看过它,现在发现这些字竟是那么的醒目。那儿有那么好的姑娘,谁还有空看别的东西呢? 从那以后,我很少见过她。她的办公室在一个套房的里层,外面坐着这个印刷厂的中年老板。

但有一天,她的高跟鞋噔、噔、噔、噔地从楼道传到我的办公室。她的突然出现,令我有些惊讶。她说,印刷厂被图书公司的K老板买走了,她可能要失业,但现在还没最后定下来。她坐了一会儿,语气中有些担忧,她问我,能不能找K说说,让她继续留下来。我不知道怎么安慰她,我和她一样随时可能被老板辞掉。我说,你现在的工作总得要人做的,你不用担心,你会继续留下来。事情果然出现了转机,她还是留了下来,给我们分发订阅的报刊,平常有空的时候也到我的办公室坐坐,说些她家乡的事。过了一段时间,K在会上宣布她做办公室主任,主要负责我们几个办公室的日常事务。其实也没什么事,以前也没安排办公室主任,办公用品完了,就有人定时发下来。开始的时候她就不常来,偶尔给办公室员工传达一下K的指示。以前是K亲自给办公室打电话,现在不同的是她替为传达和直接安排。

后来她也懒得上4楼了,有时一个电话打到办公室就把事情交代完。在油墨和汗臭味道的过道,她走路鞋跟落地的声音特别让我们工作更加谨慎。她学会打扮自己,口红、护肤霜、香水和女人分泌的体香,青春在我看来是多么美好。她穿低胸的连衣裙,夏天我几乎能看到她半个乳沟。肩上背着一个小挂包,装有钥匙、卫生纸、钱包、镜子和化妆盒,有时从包里拿出镜子照照。她还不够自信,其实在我看来她的衣妆足以引起我的无限遐想。她没事的时候给我们提醒一些事情,糨糊和剪刀用完要还给她,订阅的杂志过期后要归还她,纸张要节约着用。在那间阴暗向北的房间,昏黄的电灯照射下,我们脸色发黄。

她管的事情越来越琐碎,我们开始不喜欢她,她甚至有些对我们苛刻起来。有一次,公司有人向她告密说我把办公室里的废纸给了一个老人。她知道后大发脾气:纸哪怕是没用的废纸也要留下,还能卖给废品收购站。那个月,公司每个人工资被扣了十元,我觉得有些对不住他们。K几乎一年都不到四楼看看,我们编的图书源源不断地被印刷出来,运往全国各地。那些五颜六色的图书封面印着青春少女的照片,十分撩人。

我离开图书公司那年,她经K介绍嫁给了一个开出租车的西安人,不久她的儿子出生,我没见过。那几年她和K打得正为火热,她得到K的信任,主管公司的财务,买了房和车,她的男人也不开出租车了,自己做了一个小公司。有人不断地传递她在西安的小道消息,她把自己的青春交给了K这样臃肿的中年男人,一晃十年。

二

以后我再没有去过祭台村这个地方, 它在城中村改造中被艰难地拆迁了。那些村民搬到了哪里我也不知道。太乙路向南延伸到二环路,我还是住在明德门的杨家村,只不过是和一个甘肃男人住在一起,在189号院的3楼;然后我又搬到193号院,还是和这个甘肃男人住在一起。他在师大读自考,没事时我还去他的学校旁听过。那里有好多的女生,可惜我一个也不认识。

我们在寒冷的冬天喝北京二锅头,房子里没有冷气,我们围在床边喝酒、抽烟。荷尔蒙和酒精,我们兴致勃勃地谈人生和理想。他来自平凉农村,高考失利后有人到他村子招生,他父亲就帮他交了一千元定金,他卷起了被盖来到了西安。他原以为花了这么多钱就可以像统招生那样住在大学校园的宿舍,可以和他们一样坐在大学的教室里读书。而现在情况已经变得让人难以接受。他上课的教室租的是一个村中村厂房,空荡荡的房子可以坐几百人,学校没有固定的老师,厂房的大门口挂着一个牌子,干脆写着:陕西××大学××教学点。一个上了年纪的老人在看守,几乎不闻不问。有时,他懒得去了。老师也是这样,课还没上完,就走了。奇怪的是他周末还要去学校上课,周三却没事可干,我和他可以去录像厅看成人影片。他的那些书堆在桌子上,他好像没有翻动。自学考试,他说只及格了一门,太难了,不想把时间放在这里。

第二年,他从家里拿了学杂费再没有去学校报名,他乡下的父亲还不知道。他在我的介绍下到我所编辑的杂志社做发行工作,每天骑着单车给城市的每个报刊亭送杂志。月薪400元、保证金1000元、其他押金200元(单车和工作服成本)。他踩着单车走街串巷,做杂志销售调查,还整理了一厚本资料,为老板提供了许多有益的参考,他逐渐取得了老板的信任和好感,后来他被安排到办公室接电话、记录考勤和保管办公室钥匙。

有段时间他晚上很少回来,我不知道他有了女朋友。他还向我借了一些钱,说是寄回去给他父亲看病。我没有细问。夏天快结束时,公司发生了一件事情:有一天晚上他带女友去办公室过夜,把客厅的沙发压断了。老板知道这事后把他辞退了,他又没事可做了。

在杨家村193号某个狭小的房间,台历的记事页上写满了那些日子发生的事:

27日 小晴。他整天待在房子里,睡吧。没事可做,我们周围却在发生巨大的变化。

3日 多云。我借给他50元钱,他去理发,吃饭。可能还买了一盒避孕套。这几天没有回家。

5日 阴。今天房东在门上贴了一张纸条,写着,上月房租到期,请续补。天气真的有点冷。去年夏末又换了一个工作,快过年了,到现在只发了三个月工资。晚上碰见一个熟人,我请她吃了一碗米线,吃了烤肉,花了12元。她吃饭的时候不停地咳嗽,我坐在那里不停地搓手,我们丝毫没有想走的意思。我原想请她一起去我的房子坐坐,我那里只有一张床,没有椅子和板凳。被单已经三个月没有换洗了,它充满了我身体的气味。

7日 阴。昨晚做了一个梦,遗精一片床单。我梦里是昨晚吃饭的那个女人。她让我尝到蜂蜜的快乐,哪怕是那么虚无。

10日　持续的阴。无事。靠在床头读一本《图像·女人的盛典》的书:我认为克莱尔非常美,她无疑比她穿白裙子的年轻朋友还要美得多。但与后者相反,她从未引起我的肉欲兴奋感。

11日　小雨。心情有些烦闷。出去走了走,风吹在脸上有些痛。泥溅在裤腿上,鞋也湿了,晚上还看《图像·女人的盛典》,又是开头几页:她一下子将中指插入,几乎完全没入凹处里面。接着,她抽出指头,动作非常缓慢……立刻又再次插入深入。这描写的不是性,而是抚摸一朵花。

13日　晴。我给父亲写了一封信,还没写完。如果可能,我想每天只写一点,写到我要回湖北的时候,我想当面给他,我不打算浪费几毛钱的邮票了。他像卡夫卡致菲莉斯的信一样有些伤感,一个男人对另一个男人的伤感。我还在信里劝告父亲,要想办法戒掉白酒,想办法把母亲找回来。

…………

他回家过完春节又回到了西安,第二年春天刚来,他就从我这里搬走了。他搬到瓦胡同的一个院子,和他女友住在一起。他有了一个很好的靠山,我要祝福他,他找了一个有点小钱人家的女儿,他可以从别人身上取暖。而我还是一个人走在孤独的路上,遇见了漂亮的女孩还要偷偷地看。青春在孤独中深深地发酵,当它要腐败的时候,这种气味就得到了散发。他就是这样的。

他一直没找到合适的工作,他父亲每月不断地给他寄来生活费,他一直瞒着家里说自己还在读书——其实他好久没有去学校上课了。我去他租居的房子看过他,男人有了女人以后,模样改变了很多,头发和皮鞋一样乌黑发亮,衣服整洁多了。特别是房间东西摆得井井有条,在我们这些人中,他像是个有气质和有文化的人。那几年,我跟他的联系越来越少,他具体干什么我也不知道。我听说他那个女孩生了孩子,不久在甘肃老家办了一个简单的结婚仪式。我没想到,这么漂亮的女孩竟然和他结婚了,并且有了孩子。

不久,他做了一个文化公司,我去过他那里几次,他一个人也没雇,就他和他老婆。孩子送到了乡下,我没见着。我不知道他具体在做什么,他家里堆满了杂志和书。他编过一份叫《春草文学》的小报,印刷得很差。其间,他在我一个朋友主编的一份杂志做过编辑。时间不长,他又去了武汉。关于他的事,我知道的越来越少,好长时间也没主动去想过。人都是这样,朋友就像公共汽车停靠的站点,到了一个地方,下了车,在人群中消失。某一天,你碰到他,忽然没喊出名字。

那几年,我忙着恋爱、结婚和工作,当我快要彻底把他忘掉的时候,他竟然和我联系上了。他在电话里说,我在福州,没想到吧,我在福州呢。我懒得去想别人的事,他在哪里对我来说很不要紧。我说,你在福州忙什么呢。他说,刚辞职,没事可做,闲着。

他跟他女人已经离婚了,女儿还在甘肃老家上学,他现在又有了新的女朋友。他说,你在福州有认识的人吗?帮我介绍个事做吧。我想了想,还真有一个朋友。我把朋友的电话告诉了他,让他去找吧。不久后,他在一家连锁茶楼编本行业内刊。其后,我们还联系过一次,他说,他写了一首长诗,你帮写篇评论吧。我答应了他,但我一直没有动笔。我的福州朋友有一天跟我打电话说,你上次那个朋友电话打不通,茶楼跟他联系几次了,好几天都没上班了。我也不知道什么原因,他的不辞而别让我很难过,我尽量不去想这个人。但事后,我觉得他和我一样在一个充满孤独感的城市,我们不需要跟另一个陌生人打招呼,何况是熟人呢。

三

1998年的南方大水刚从故乡的地平线上退回去，北方的冬天就要过去了。

我在朋友的介绍下在西郊的任家口住了下来。那时候我刚找到工作，要穿过一条土路到土门绕半个城市，换几趟车到东郊一家公司上班。和我一起租住在一起的是个安徽人，他在西电公司上班。前段时间我还去过他单位的集体宿舍，那窄小的空间挤满了三张架子床，住六个人，还要放三张桌子，它们一字形摆在房子中间。桌子上杂七杂八地放着牙具、书籍、报纸、工作手册、大宝SOD蜜（男士护肤品）和刮胡刀等。毛巾挂在墙上，衣裤挂在走廊的过道上，许多人还在过道里炒菜做饭，油烟到处弥漫。

昏暗的灯光不分昼夜地亮着。嘈杂和沉闷从来就没有散去，就像这里的灰尘一样，它落在地上，蜘蛛网上，蚊帐上，没有被及时地清除。请原谅我有时忘记他的名字，但他确实是一个安徽人，来自陈独秀的故乡怀宁。他老婆还在怀宁一所学校当老师，我那年夏天见过，——他从单位宿舍搬出来后，再没搬回原来的宿舍了。他们就租住在任家口的一间民房里，不久他老婆收假回去后，他就辞职了。我和诗友王琪一起去看过他（他是诗友王琪的中专同学），我为此感到忧伤不已。我觉得他那么好的单位，一个从乡下分配到大都市的农民后代，他的举动轻而易举地把我那时所有的梦想击得粉碎。当我一遍一遍在城市的夹缝中寻找那么一丁点空白安歇下来的时候，下岗再待业正成为那时社会的流行词。

他说，他不想在西安待下去了。他老婆还在老家，他要回到她身边。

他想体面地调回当地工作，努力了好几年，也找了一些关系花了钱，最后也没结果。他给他老婆的上级单位写信，没有回音。没办法，他只好找到厂办，把五年的工龄买断，换些钱。这是厂方求之不得的想法，他很快办好了离厂手续。他租住在任家口某个民房里，他每天很早起床要做的第一件事是背诵英语。他说要花三年的时间考上研究生，这是生活的最后一条路。每天他都在强迫自己，他的桌子上全是英语参考书和英汉字典，还放了一张她老婆的照片。我跟他一起大约住了三个月吧，冬天一过，我就换了一个地方。我记得我是那年九月才搬到任家口的，他老婆刚走，我在王琪的帮助下搬到他那里和他住在了一起。他不喜欢我抽烟，不喜欢我熄灯睡觉，他通常把灯亮到深夜。我没办法，因为房租和水电不用我承担。我只是暂时住一住，因为我刚找到一份薪水很低的工作，几乎没人相信我会去干它。

后来我得知他老婆原来是他的初中英语老师，大他五岁，那马拉松式的恋爱在他毕业后才得到女方家人的同意，差不多十年，五百封信函，让他们顶住了来自社会和家庭的压力。他想跟老婆要个孩子，但一想到两地分居，他就有些辛酸和难过。他要回到她的身边，这么多年，这就是他努力的方向。

他很快就获得了汉语言自考本科文凭，这距他的梦想只有一步之遥。我在此期间还去看过他一次，他戴的眼镜又大又厚，人看上去要比以前精神，虽然苍白的脸上胡子拉碴，但让我仿佛看到他即将来到的胜利。我那时从一个公司跳槽到另一个公司，想起来，我大概换了好几处工作吧。他依旧一年到头地刻苦攻读，我非常敬佩他的勇气和毅力。我那时也开始忙着恋爱，忙着找朋友，青春，无处躲藏的诱惑，我慢慢和他疏远开来。有一天我偶然想起他，我问王琪：他，考上研究生了吗？王琪说，他坚持了四五年吧，最后他放弃了。

我听了依旧忧伤不已。也许是他重新唤起了我对大学的认知和认同吧。我把从前的课本捡起来。我开始复习大专学过的《大学语文》《古代汉语》《大学英语》和《现代汉语》，我在那年西北大学的专升本考试中也是失败了。但我一想起他，我对自己就开始忧伤起来，因为我还是把他快要遗忘的时候又想起他的名字：陈德亮。他曾经有那么美好的理想，美好的信念，美好的行动，他怎么就不能成功呢？那几年，人心浮躁，而他却岿然不动。

我的一位朋友跟他一样为考研准备了五年，不恋爱，放弃工作到研究生毕业，再到待业，这十年她从来没有放弃过自己的追求。听说她又要读博了。我打心里没高兴过，我觉得她或许更需要一个爱她的男人吧。书本对她来讲就像毒瘾一样让她充满幻想和期待。我这样说可能对她有些残酷，青春的时候，她没遭遇爱情，她可能是身体不完整的人。我觉得陈德亮，他经历了婚姻到爱情的阵痛，他经历了事业和理想的割舍，他最后选择放弃，在这充满不可预测的未来中，他走在我们的前头，我一直对他处于遗忘和铭记之间的地带。

我听说他现在搞钢材批发生意，在他的故乡安徽安庆。

真是好。他有了孩子。他身体开始发胖，职业的特征越来越明显，他还是那么用心和执著。我有时想给他打个电话，但不知说什么。好在我也没有他的电话号码。或许他可能也忘掉了我的名字。

四

从任家口搬到土门的钢铁厂家属院是深冬的时候。那个院子有几棵梧桐树，光秃秃的，路灯旁的叶子还没掉干净。有三五片，在风里摇摆。我住的那栋房子是解放初期苏联的建筑，像个大宿舍，公用的走廊堆满了杂物,楼道很宽,楼层不高,上下楼很平缓。墙上快要掉下来的白色墙皮是新居户重刷的, 隐约可见的绿色油漆墙面还没有完全褪去。我住在一个退休在家的老头子的家里,三间房子,没有客厅,厨房和厕所加起来不过四个平方米。冬日里,窗户被厚厚的窗帘裹得严实,太阳照在南边的阳台上我都毫无感觉。主人待在阴暗的房子里, 他不喜欢阳光和风。他几乎不离开自己的房子,他早上出去买好菜,回到家天还是刚刚亮。我和他睡在一张宽大的木板床上。我不喜欢他的呼噜声,让人彻夜难眠。我不喜欢他跟我讲的"文革"那些事情。我不喜欢他吃的生葱和生蒜味道,一说话满嘴都是男人保健的话题。

他家里有很多关于中医方面的藏书,从民国初年的手抄本《集验大成外科总录》《百病自疗法》到"文革"时期的红皮书《农村常用中草药选》《处方药物手册》等,纸张泛黄的白,散发沉香的书籍气息。他喝的茶散发中药本草的气味,泡在白酒里的动物尸体也是某种药材。他说话的慢和房间充满潮湿的阴气交织在一起,我时常有种不安之感。那也许是我的错觉。他懂点中医,按照他的说法是他祖父是清朝末年宫廷的老中医,父亲在京城开过中药铺。他懂点周易八卦,胡诌起来似乎上识天象下知地理。

他中年的时候失去妻子没有再婚,儿子下岗后一直在外地跑运输,常年难得回家一次,留下几间房子一个人守着。我是经人介绍在他家住了小半年时间。他常问我乡下的一些事情,家里有几口人,有几亩田地,主要种植什么作物。我总是被动地答复他的一些问题,我跟他之间没有什么话题要谈的。早上天亮就起床踩着单车去很远的太乙路上班,晚上回到钢铁厂家属院时,天已经黑漆了。一天下来,人累得什么话也不想说了。我只想安静地看看电视,或者能靠在沙发上小憩一会儿。他每天似乎有说不完的话,但他从来不谈及自己,对我来讲,这是一个我没有兴趣知道的答案。

他在冬天的早晨一直坚持洗凉水澡,在晚上用温水泡脚和热敷阴囊。他腰板挺拔,六十多岁一直坚持长跑。他精通中医书和房中术,他却独守自己的年华,把他那么好的身体置之度外,我替他有些惋惜。他不看电视,不读报,不炒股票,不看演出,不随处串门,不随波逐流,不做爱,他在钢铁厂最困难的时候提前退休了,这是他的明智选择,现在想起来,他觉得自己还是很划算。

他给我介绍过女朋友,那个女孩子和我住在同一个家属院里,她发育良好,恰是农村做农活的好把手,我的父亲母亲肯定喜欢她。我跟她见过两回面,每次没话可聊,最后不了了之。他跟我讲女人要臀部肥圆,胸脯丰满才是美德,她能为你生好多健康的孩子,这是男人一辈子的幸福。在选择女友的标准问题上我不想参考他的任何建议。我不喜欢话多的女人,不喜欢女人男相,不喜欢说话矫情的女人,不喜欢财迷心窍的女人。他给他儿子相过对象,他对那女孩喜欢得不得了,他儿子跟他一样审美特点,那就是丰乳肥臀。在我家乡,像这样的女孩漫山遍野,我不用费神到城里来找,她们生而为那片土地的男人的女儿或妻子,如同我的姐妹一样。

我那时想既然来到陌生的居住地,还是找城里人吧。我离开钢铁厂的家属院那年,还没找到对象。他还在那个家属院住着。那么多年过去了,他一个人过着,我没去看望他。我从钢铁厂的家属院搬到了杨家村,在2000年初。有一次,我从土门经过那里,那个院子基本没什么变化,梧桐树比以前少了几棵,但都长得高大起来。房子比从前更旧了,灰色的墙砖爬满了爬山虎,铁窗户和铁栏杆上锈迹斑斑。我敲门无人应答。从别人那里打听过他:好像听说过这个人,但没人见过他。按我对他年龄的估计,他大概快八十岁了。

我对他知之甚少,像住在这个院子的人对他知之甚少一样,没多少人关心。我把关于他的那些事记录下来纪念我在西安最初的日子。我对他谈不上了解，我的印象似乎还停留在那几棵梧桐树上，冬天，光秃秃的树干和枝头。

<h1 style="text-align:center">五</h1>

　　从明德门到师大路，要穿过杨家村，窄路上的两边经营有小旅馆、公共澡堂、餐馆、美容美发、旧书店、性保健品店，还有那众多的五金百货店，一直延伸到长安路上。我每天从太乙路回来都经过这条巷子。傍晚，美丽的人从我身边走过去，她身体的芬芳还残留在空气里。夏天男人的汗腥味还没有退去，烧烤的油烟从巷子中散开。昏黄的路灯开始亮起的时候，昆虫躁动起来。我经常沿着1999年的杨家村去师大路寄信、逛街、看录像、打长途电话、贩二手的电脑和旧书籍。那条土路的两边停满了拉货和载人的人力三轮车，他们在夏日像树叶一样耷拉着脑袋，无精打采。旁边的一排房子被拆得只剩下半边，洗头房的毛玻璃门打开了半扇，有音乐传出来。墙角边堆放着没清理的垃圾，墙上写着朱红色的"拆"字，像是新写上去的。我每天反复地走上几次，漂亮的女生每天走上几次，小贩们每天走上几次，没事可干的人每天走上几次，住在这里的人每天也走几次。这条土路晴天也是泥泞，下水道的污水溢出来发出的臭味也熏不跑苍蝇，我们都走在这条路上，从杨家村西头走到东头，或者从它的东头走到西头。

　　我的租住房就在这条路南边的一条巷子里，我下班回来的时候上楼、下楼好几次。租住在这里的人也像我一样频繁地上下楼，高跟鞋在叮咚地响起。谁出门了，谁又进来，没有人关心。楼下打麻将的声音没停过，从早到晚，像柴油机发出的声音。围在旁边的人很多,打麻将的人我总是无法看清楚。住在这里的人,他们大都是读自考的学生和小商贩们,还有些是像我这样刚毕业的社会青年。出租屋的每层过道上都摆满了煤气灶、杂物、蜂窝煤、煤气罐,杂乱不堪地拥挤在那里,我有时只能侧身而过。阴天或雨天的时候,灰暗的过道上挂满了晾晒的衣物,发出潮湿的气味。

我搬进来的时候,只有四楼还有一间小房子,刚够我放一张单人床,书桌也放不下,书,我把它放在床底下,旧电脑也放在床底下。住在我隔壁的人把音乐的音量放到最大,我每天能听见。夜晚,我在平庸地听着她和她的朋友们大声喧哗和摔破酒瓶子的声音。我每次想用手去敲打她的房门,但又缩回。因为已经有人把抗议的纸条贴到她的门上了。算啦,青春就是那个样子。那时候,她经常把黑色的内裤晾在走廊的过道上,白色的乳罩和丝袜也挂在上面,花枝招展,她一点不觉得介意。我走在下面,每次都闪过去。有一次,我写了一个小纸条贴在她门上:请管好你梁上的衣物,防止有人患有恋物癖。她却贴了一个公示:凡擅自爱上本美女或本美女随身物品者,后果自负。她似乎没有任何退让的迹象,她照旧把衣物挂在过道上面,把音响开得很大。而我的抗议是狠狠地往隔壁的墙上踹上几脚,得到的回应是音响更大了。

我经常上楼的时候,碰到她下楼,她开始跟我打招呼:不小心又把你吵着啦。我说:你小心自己的耳膜啊。我们之间没有更多的交谈,像这个城里的陌生人一样,谁也不知道谁。至于她在这个城里具体做什么,我也不知道。她看上去很美,有像白菜一样白的皮肤,耳朵还缀着大耳环,肩上挎着一个白色的大皮包,好像能把她半个人装进去。412号房间,四楼12号,是她的房间。我的房间在最里头,413,四楼拐角里的最后一个房间,和她两隔壁。她家除了响声大,还有香水气味大,因为过道没有窗户,她走过去她把身体的气味留了下来，久久不能散去。

夏天来的时候，她穿着低胸的花格子连衣裙，我躲闪的目光时常碰见她白色的乳沟和胸罩，但她从来没有顾及别人的目光。她依旧把内裤和乳罩晾挂在走廊过道上面的铁丝上，锈迹斑斑的铁丝，风吹过来左右摇摆，不小心掉在地上，或者有人把它捡起来挂在她的门把上。我晚上还梦见过白天见到的情形，我用贪婪的目光看着她身体的一切，像我在故乡看到大地上的山岚、谷地、河流和庄稼地一样，顿时是那么的让人美好和亢奋起来。那样的夜晚，月光很白地照在窗户上，听两个人爬在床上做爱的声音，或者在雨声淅沥的漆黑夜晚，我听隔壁房间发出细微的呼吸，那真是青春有幸的事。晚上，当有人面对自己孤独的身体的时候，有人在踹隔壁家的墙，有人使劲地对着马路吼出他的声音，有人在梦里辗转反侧……

而她像这个夜游的城市一样，黑夜通体发亮，白天趋于安静。口红、避孕套、化妆包、纸巾、手机等在夜晚开始鲜活起来。她有的时候也带人回家，那时候，音乐从房子里流淌的音量开很小。她一个晚上也不出门，她却很安静地和一个男人相拥在喧闹的世界里，享受身体发出的快感。那样的夜晚，我和她一样在寄住者的天空下沦为沉默的人。有一天深夜，警察和协警一起来查暂住证，我在睡意中醒来，被他们带走了。当查到她时，我听见警察盘问了她大半天：有结婚证吗？有暂住证吗？有身份证吗？然后就把她和她朋友带走了。那天，带走了很多人，没有交罚款全蹲在村委会的操场上，一排一排的。他们和我一样可能是打工者、学生或者这个城市的盲流或者寄住者。那些警察在催我们交罚款，没带钱的，让打村委会的办公电话问朋友借，借不上的就要蹲到明天吧。最终熬不过的，就交了300元罚款被放走了。我蹲了一个晚上，在那个拥挤的操场上。第二天，我在房东的担保下交了180元保证金被放了回来。

后来我补办了一本暂住证,花了120元,为的是结束那段担惊受怕的日子。但后来却发生一件意外的事情。有一次,我们出租屋被盗了,我的旧电脑被人偷走了,我本打算500元钱处理掉,以免占用我那狭小的房间,隔壁家的音响和电视机也被偷走了。我们报警后,警察登记了我们失窃的财物,但从此没有最后的结果。有些住户开始搬家,他们刚搬走,又有人搬了进来。她问我:你也搬吗? 我说:不搬了。我又说:你音响还买吗? 她说:不打算了。我又说:你唱歌很好听,没了音响还好听。她笑了笑说:在酒吧主唱呢。但我没问她的名字,也许她只有艺名,他们忘了她的名字。

我在413房住了一年多,我搬走的时候还有两箱子书暂搁在她那里,我总觉得有些歉意。有一次,我还回去取过。我给她买了两打啤酒,算是感谢。我才知道她叫丁丁,在音乐学院读自考。那天晚上,我在她的出租屋喝了很多酒,互相碰酒瓶的声音真的很好听,在喧哗的市井里,这种声音最为清脆。我们喝了很多酒,两个陌生人,却很少说话,这令我们感到很惊讶。那天晚上,我没有回家,一直待在她那里,我真是喝多了。我们之间没有发生什么意料的事,那也许是可耻的。但我们真的没有,谁吻了谁,谁又动了谁,我忘了。但是我记得那天晚上我从她身上翻了过去,但没有停留。这,印象深刻。

城市词条

你生命经历了那么多的过程，
你能判断稗草和稻子的细微区别，
已经够了。
你站在市井繁复的角落，
他们一眼就能识别你的故乡，
来自远方，
你拘谨而卑微，
你就是我父亲。

五 句 话

　　我多次去过你所在的工厂,它像人装进罐头里,倒扣着,沉闷的声响声,喀嗒、喀嗒、喀嗒、喀嗒——不曾停息。你所在的车间是开敞的,风从头到脚可以灌进来,你的手不停地分拣,油污蹭在你的身上,我在你的诗里读到:具体的劳动是今夜的核心,一只只手来回不停地舞动。你写到的是自己吗?那时候,秋天来了,我记得你穿的工作服是蓝色的涤卡布,蜡黄色的灯光照在每个人的脸上,面容憔悴,你依旧担心下岗给命运造成不可估量的后果。而另一种结果是你们当中许多人平静地退休了,有的人把手喂给了机器快速运转的胃。你是幸运的,你领到了厂里给你的补偿,十年有余,一万八千一百二十块四毛(大写字条)。它就甩掉了一个包袱,而你从此把手洗得干干净净了。我有时还羡慕你,住在国家的宿舍,吃着食堂补贴的饭菜,虽然吃出来有些是沙子,盐时少时多,工资不多不少。人要死不活地干着,即使干到死,很多人还是热爱它,也好。我大概算了你的一天(以晚班为例):22点上班、6点下班、中途吃饭20分钟、上厕所10分钟(厕所可能离得较远)、换工作服10分钟、中间休息半小时、机器停歇5到10分钟(每两小时一次)、和女同事聊天一直没停,当然,你也在不停地干活。这样没什么意思,这样熬到年龄,可能当上组长、主任,最多混个监工,多拿点钱或少干点事,并没有给世界带来振奋人心的消息。我们彼此问候,听到我们的声音,证明还活着,我们不断地悲伤起来。我们互相安慰,电话里我记

得几句话,我想写出来,看吧:

一、好吧!

二、你想什么就拿什么吧。

三、干吧,干吧。

四、好着啦。

五、再见啊。

大概是这样的,我忽然想起来,可能有些不完整。

搬　家

不是从旧房子搬到新房子。

三轮车从西把我搬到南，很多次，我从钢铁厂、土门、杨家村、明德门又搬到土门、杨家村、钢铁厂、明德门。像我这样的人很多，或者从一个地方搬到另一个地方，或者从另一个地方又折回这个地方，不算什么麻烦事。一台旧式且笨重的黑漆书桌、被褥、煤气罐、众多的书、电脑和单人床。我在过去几年里反复地把它们搬动，除了多了几本书，少了几件衣服，没什么改变。

起先，我住在西郊的任家口。在夜晚昏暗而狭窄的胡同，踩着单车每天穿行的时候，偶尔碰见小偷、打劫的人鬼鬼祟祟地跟踪你。他那无精打采的神情，像个吸毒者，深一脚，浅一脚地走着。那时候，我一连丢了两辆破得只剩下铁锈的单车，它们被小偷拿去了。害得我每天要走很长的路去土门乘611路车上班。那是令人生畏的夜，我早上起来就听到有的人家昨晚小偷光临，连夜壶和铁锅都拿走了。我几乎是个赤贫者，城市拾荒者在胡同里喊：收破烂啦——收旧家具了！——我没有一件弃之不用的东西。朋友来了，我们在靠北光线阴暗的房子里，我们不开灯，一张床，塞满了整个空间！书堆在床头，餐具放在桌子上，在走廊里生火做饭。可怜的是，这房子还不是我花钱租下的。我寄居在朋友租居的斗室里灯下读书，摸着那书角打卷的纸张，张望着幸福。

后来我因为工作的变动，我从这里搬到了杨家村。其实没有什么东西是我的。自行车也是别人送的。我就一个人拉着一捆书出发了。在人流如织的长安路——杨家村东口,我花5元钱,买了一件褥子,8元钱买了凉席和被单。我一居就是三年, 我不断地换着门牌号,从186号、223号、196号到203号,我的自行车一辆辆地换,无论搬到哪里,它还是莫名其妙地丢了。搬进搬出的,我永无宁静。如那嘈杂的早市,喧闹的夜晚,汽车和进城的拖拉机突突惊醒的黎明,我仿佛一直醒在梦里。其间,我换过两次工作。其间,我的书越来越多,我买了自己的书桌和椅子,买了电脑和影碟机。我换的房子从6平方米、10平方米、15平方米到25平方米。想起来,我有一位朋友,他在不断地把自己搬来搬去中,彻底地把自己搬走了。前几年,我又一次搬到明德门小区时,他煤气中毒死了。我看见他被人用三轮车搬走的,他的衣物和用品一样被人拉走了。——这些年,我只不过,一次次地加深了对一个城市道路的认识;我只不过,一次又一次地认识到每个广告牌被误导的意义。

　　我最近一次搬家是快结婚时,我加速地处理了一批书籍、生活用品和旧家具。我心里总有些不安。有一天,我路过××街道的××路,旧家具市场,我见过我的那张书桌,还没有卖走,它上面刻着我的字:黄海书桌,1999年。杨家村。

商　品

　　我去开元商场买东西,是零售价。诺基亚6600手机4980元(零售价)。这是去年的事情,今年秋天它在国美商场的价格是3450元(零售价)。商品琳琅满目。去年的时候,我在南二环附近买了一套商品房,价格是3620元/平方米,今年冬天,它已经涨到4000元/平方米。房价和股市,它们像西北的海鲜馆一样永远只有时价。像我所见那杂乱的街道场景,今天被风刮来了纸屑和黄叶,明天可能是尘土飞扬。是的,我经常听到的情形是商贩用高音喇叭喊:跳楼啦! 处理价! 他们用可疑的目光探过去,他们用手摸,甄别,试探,然后深信这项买卖的可靠性。他们来自不远的郊县,比如长安、户县或者不知名的地方,河南口音。一个人,三五个人,围在那里一群人中讨价还价。做工粗糙的生活用品,过期货,他们要把它带回乡下。二道贩子,不——是三道贩子。生活对他们来说,就是不断地把城市的处理货毫无知情地清洁去。他们运来新鲜的青菜、瓜果、肉、粮食及特产。而我用谨慎的眼光挑拣它们,蔬菜、水果、面米及牛羊肉。我们害怕农药残留物、注水肉、陈化粮。每天还用化学洗洁净一遍又一遍地泡洗它,然后津津有味地吃。我惯于沉默的生活,在不断地改变方向,我认识陌生的人,我失去关系牢靠的朋友,他们在往小康的路上赶。现在,朋友如商品一样对于他们的意义价格鲜明。我想我热爱的金钱,它在通往四通八达的街道上,让我越来越熟悉肯德基、酒吧、茶座、庄园、会所、健身房、卡拉OK、证券所等带来的场景：嘈杂、混沌、生猛、紧张及不知所措。

我想起我在杨家村租房的时候，一天中，我是这样进行的：早上起来，上厕所，两毛。早餐，鸡蛋饼1个8毛。取单车，两毛。中午，吃单位附近的学生食堂午餐两元。买烟1包，1.5元。晚上下班回来，再上趟厕所，2毛。存单车，两毛。买菜夹馍2个1元。有时候，还喝酒，最多的是二锅头，2元。每当，我多次不厌其烦地从1998年的日记中翻出这些旧账时，我内心滋味翻涌。我记录的纸张已经泛黄，却字迹越来越深地落下去。

青　春

　　从东到西，从八楼到二楼，从太乙路到明德门，从木椅到沙发。我想起了1998年，我从土门骑车到一个破旧的印刷厂厂房的四楼上班。桌上一部内线分机电话，不停地响，一次、两次、三次、五次、八次地响；有人不断地进进出出，高分贝地喊人，或者她把声音压得很低，窃窃私语，半天——你发现她还在那儿津津有味地嚼着。老板不来这里，一个高挑的女人隔三差五地来抱来一大沓报纸杂志——在我看来，这样气温低下的天气——我们依旧清晰地看到并且想到她乳房丰满的轮廓。是这样的，我们喊她张老师——她是公司老板的小秘，大家都这么认为。剪刀和糨糊准备好了，我们每天的工作是剪。是把稿签粘在剪下来的稿子上。反复去剪和粘。剪下来的纸屑细碎得像大米一样落满了地，然后我们把它彻底地卖掉，换来烟和酒，温暖我们的胃。那时候，我坐在靠东的窗子，风和沙子夹着阳光一起刮进来，落在我的脸上，疼痛。我不断地用旧报纸挡住它们，我不停地跺脚、搓手。中午，我一个人和那些泥瓦工和建筑工一起蹲在路边小吃店里喝着55度二锅头取暖。我已习惯了自己的身体像一棵单薄的树，像它那样孑身在冬天的风雪中。

　　那时候，我读各地报纸、杂志，是我的工作。现在，我还是这样的。我读《生活保健报》、读《美文》杂志、读《书屋》杂志、读库切的小说《青春》、北岛的散文《失败之书》……这成了我生活的业余部分。这么些年，我一直在编杂志，我编过的杂志有《青少年文汇》、《男孩女孩》、《小品文选刊》等。这些年,我还做过一些杂工,搞过一个广告公司,东奔西走。我的办公室换了很多地方,桌椅换了很多张,他们青春的脸孔也换掉了很多张。偶尔有人打听我——你还好吗?——我想说的是——我一直还活着。是的,我每天面对生活遭遇的惊恐、压力和不知所措,我还能像海德格尔一样回到诗意的乡下吗?这些年,我的梦里醒着河流、庄稼、金属、村庄、秋天、他们。他们老了,我看见他们额头的皱纹加深了色彩,像大地被阳光晒过之后的颜色一样。他们来自大地深处的心。现在,我距离他们越来越远,在城市的街道中,没有方向。

我常常那样漫无目的地想着一些事情。看见冬天的阳光照在枯树的枝丫上。看见老人蹒跚地走动。看见自己脸上的轮廓愈来愈显得那样的层次分明。我看见你们也和我一样,时间走得好快——我让你们忘记了我的名字。

情　人

　　一个人活着，满嘴的词；他病了，梦里也是话；即使他死了，留在墓碑上的字要比通常死去的人多。

　　这是事实。昨天夜里，我的疼痛在脾和胃。我满脑子里充满惊恐。我翻来覆去地痛，你知道吗？疾病不断滋长，我反复去想这些身体上的事情。上帝要惩罚你，连植物也鄙视你——当药给你吃。你见到光，光对你视而不见，它不断地堆积你身体柔软的部分。

　　这又有什么关系呢？像我白天要不断地打电话，找一个人，那个人始终没有出现。她害怕看见你。你的脸上连光彩都没有，别说青春。你的皮肤、骨骼、血脂、表情都是坚硬的！

　　你是一个可怜的人。但是我还是敬佩你。你满嘴的诗，人们嘲笑你是疯子。

　　这也许是在若干年后。这若干年前我还在写着诗篇赞美大地，现在秋天来了，你身体在枯萎、干燥、失去了花一样的颜色，都是因为疾病。现在秋天来了，我开始想象你好多年前潮湿的乳房、头发、皮肤。那时，我在你的身体上移动，像我熟悉地走过城市街道的情形一样，我有些痛恨你，这些年我们走过的地方修修补补。

　　我开始迷恋这些词语：黑。巨大。密集。恐惧。手。乱。敲打。纤细。灼伤。痛……

　　我开始喜欢这些地名：四顾闸。四棵。湖山。伏耳岭。石料山。沈下路。明德门。杨家村。甜水园。等等。

　　这些年,我胡乱地在文字里敲打这些词的时候,我依旧在你的记忆里沉默着。越是这样,我的疼痛周而复始地靠近你。彼此的疾病无情地分开我们的手和口。现在除了我在深夜,只有疼痛的人能喊出你。

　　是的。人为什么在疾病来到的时候开始误读爱情?

　　我在深夜读卡夫卡的《城堡》、波特莱尔的《恶之花》、达·芬奇的《蒙娜丽莎》、高更的大溪地和你是一样的。有来自内心无限的惊恐不安、自卑、狠心和抑郁,围绕你,而你清澈极了。

物

　　水泥。钢铁。塑料。砖。沙石。玻璃。铝合金。石灰。涂料。安全帽。搅拌机。打桩机。挖掘机。机械。建筑工地。上上下下。秋天来了,叶子落下来。风吹乱了泡沫和纸屑。窗外的字醒目地写在白色的围墙上。一遍一遍地被时间刷新。我走在路上,天空扬着尘土。我回到房子里,电视机传来天气的消息:西安,阴转小雨,13~26℃。我的桌子上,积着一层薄薄的灰尘,它上面放着香烟、茶杯、烟灰缸、书、电话、通讯录、电脑。像一块块补丁贴在那里。

　　昨天,我还在梦里嘲笑别人把空调装满了墙体,像一处处伤疤烙满它的伤痛。

　　今天,我又置物于自己的房子里,杂乱的物,布满窄小的空间里,散发着油漆和苯的味道。它们全是塑料的,白的、灰的、昏黄的、紫的,色彩斑驳。我懒得动它了。它们寂静得像个人,沉默着。有时的确有点像我,一个人躺在床上,单薄得像一件衣裳。我连自己也懒得去动了。

　　我听它们发出的声音,有的细微,有的轰鸣,有的无声。潜伏在街道和楼宇的周围。我隔着纱窗听它,是虫的叫嘶、行人的嘈杂声、脚步声、汽车跑过的嗞啦声。其他的听起来一片虚无。偶尔听到有人卖报的喊声从楼下传过来,或者那时候有人正敲打防盗门,他使劲地喊我:收电费、水费、物业管理费。我没理他,等我下一次开门时,门上已经贴满了各式广告、办证电话和催款单。对于这些,我已经司空见惯了。只要你把自己当作一个人,每天你就会遭遇形形色色的人和事。我仅仅把他们当作物体,像我看到出租车一样跑吧,跑吧。

看到它们喘着粗气,在大街笨拙地穿梭,你连脾气都没了。

我就这样通常站在一个路口发愣。我的眼前满是路牌、站牌、灯箱、广告牌、工地、停车点……满是三轮车、摩托车、汽车穿来穿去的时候,我自己仿佛是个局外者,一个与街道毫无干系的人,我看着它们的脸色必须小心地行走着。

过去,我努力挨近它,融入它:超市、斑马线、图书馆、公共汽车、十字路口、博物馆、广场、办公室、西餐厅、酒吧、茶座、网络、体育场……我一次次问路,去方新村、去太乙路、去菊花园、去明德门怎么走,这些地名,被我温习过许多回了。现在,我常常陷入巨大的恐惧里,我顿时变得无所适从起来。

美容美发、足浴、桑拿、聊吧、KTV、夜总会、浴室、按摩……它们,让我们的生活变得迷乱和开阔起来。

我的夜晚像白天一样醒来,我的脑海里塞满了声音和物体,连梦里也是的。

杂乱无章。

祠　堂

那潮湿之冬,青石和杂草之地,瓦屋之间,或者孤立的山麓下屋檐突然从遮蔽的树影里伸出来。看见木雕、青砖、瓦、石、碑文。看见黑漆门顶上挂着门匾写着:黄氏祠堂。它的侧面墙白,正面墙白。看见木栏,朱色。看见灯笼,朱色。看见木柱,朱色。看见蜡烛,朱色。看见香案,朱色。看见烧纸,黄色。看见族谱,黄色。——它上面写满一串串活着或死去的名字:黄光华、黄咸满、黄绍陶、黄锡周等密密麻麻的毛笔字,工整。那时的光从顶窗照射下来,斑驳的正午,发霉的木头气味、纸张气味——年复一年。它落满了尘土及痕迹——它的暗处结满蜘蛛网。它之前是人民公社食堂——供销社——乡村小学——大队支部。多年前还挂着马、恩、列、斯、毛的像,毛的语录还用朱红的字写在墙上,至今隐约可见。烘烤的松香还残留在屋子里,被熏黄的木梁、墙壁、窗子、画像、对联,一双皴裂的手不停地往火堆里添柴,那些体态臃肿的妇女和清瘦的老人懒慵慵地散步、打着哈欠,或者漫不经心地晒着太阳。他们是温暖的。在剩余的时间里,翻动陈旧的记忆⋯⋯被火烧掉、被水毁掉、被人为拆掉、被时间抹掉,见证这些斑纹的石碑,刻着不同的人,不同的事——祠堂、南方、丘陵、墓、大水、年、清明、戏台、血⋯⋯

歌 与 人

十一月二十日晚,从新街口出来,听见他坐在街头拉着二胡,唱着陈星的《流浪歌》。

七月十日晚,从钟楼地下通道经过,听见他弹着吉他,唱着刀郎的《2002年的第一场雪》。

唱第一首歌的人是个老人,一个人瑟瑟地喊着,声音嘶哑:……亲爱的妈妈/流浪的脚步踏遍天涯/没有一个家/冬天的风啊夹着雪花/把我的泪吹下。风把树叶刮得到处沙沙沙地跑,像磁带卡壳的声音。一遍、一遍,又一遍反复地传出来,有点破旧的感觉。很少人驻足下来,去听,去看。我放一个一元的硬币在他的碗里打转,发出孤独的响声,好久才消失。——他听到了这清脆的金属的绝响——他双手合十,内心宁静。——他只是一个盲人,生活于他来说,是黑漆的海洋,那此起彼伏的大地,他想象万物的手如同他的手一样,布满了痛的旋涡、沟壑、深度和厚实。这歌声无可名状,饱含辛酸和痛苦。

那年我二十一岁。我刚从大学出来不久,我不断地变换工作、待业、搬家,从一个城市向另一个城市迁徙。我还没听懂他歌声,就陷入巨大的就业压力中。1998年的酒吧、茶座、咖啡馆都唱着这首低沉的歌曲。美容美发店、公共汽车上、学校和企业,他们和我一样都听这首歌。

事隔六年之后,我一遍、一遍,再一遍地去听这首歌。我甚至想不起来陈星唱出来的声调,我的脑海里全是那个老人的歌声。他衣衫褴褛地坐在那里,一遍又一遍地唱。像八十年代的旧电影,黑白的胶片划出来的痕迹,像雨一样下着。

唱第二首歌的是一位学生,那童心未泯的脸上洋溢着青春的色彩。他唱的歌声低缓而忧伤。歌声雪一样缤纷在落,漫天飞舞的叶子飘在我的脑海里。像这街道上漫不经心的人,听着这漫不经心的歌。这一年,我给了他五块钱。这一年我的朋友们下岗,我说你去卖唱吧。我的朋友问我:卖唱能养活我吗?我说,你唱刀郎的歌,准能养活你。也许是青春的滋味,我们喜欢略带忧伤的调子,轻快地嘴里嘣出来。

这一年的酒吧、茶座、咖啡馆,还有小吃店,它们都唱这首刀郎的歌。《2002年的第一场雪》,有点怀旧,有种况味,还有些垃圾。那时的感觉对我来说,更多的是种陌生和新鲜。爱情、工作、生活,都是的。像我第一次在钟楼的地下通道听这首歌的感觉是一致的,多么新鲜。一遍,一遍去听,没有厌烦。而现在再听,已经没什么感觉了。这样的生活场景到处都是,汽车、落叶、情人、落雪,每天来不及怀旧,甚至来不及去唱他那首情歌,它就被时间湮没在日常生活中。

我还记得那位青年的模样,他染着太阳一样金黄的头发,穿着破洞的牛仔,样子像个流浪汉。有一天,我在瓦胡同与他相遇,他依旧弹着吉他,唱的还是那首歌:

> 2002年的第一场雪,
> 比以往时候来的更晚一些。
> 停靠在八楼的二路汽车,
> 带走了最后一片飘落的黄叶。
> …………

这次,我听它,不给钱了。

夜　晚

夜晚，或者昏黄，或者明亮。夜随灯光一起透亮。

之前，我住在乡下，夜晚，我在做梦。梦也是黑的，伸手不见五指。那些明亮的事物，例如霜、星星、月光、羊羔，在我少年的诗里闪亮。现在，灯盏亮起来，看见的是水泥、钢筋、玻璃、石灰一样的白，夜晚，它被照亮——即使在昏暗的墙体旮旯，我也能看到性病的广告贴在那里。而不是一张，上面已经贴满了补丁一样的各式招贴。

有一天，它也照亮我们的脸。当我忽然抬头仰望的时候，看见的是楼群上的灯盏、灯盏和灯盏，耸入天空。空调发出细微的嗡嗡声，滴落的水声打在地面上，很快散去。像走散在街道的人群一样，很快就散去了。那样的夜里，汽车如甲壳虫一样缓慢地走过，笨重的身体放出响亮的屁，没有人理它——那样的夜里，秦腔被人吼出来，人群已经围拢了。我在听。嘘！一个乞丐丢下饭钵在听，硬币落在它饭钵里哗啦啦地响。他正听得入迷。还有些乞丐在不远的天桥上向过往的人乞求施舍。只有夏日滚烫的风吹起裙围，少女一样灼伤你的眼睛，你是一个过客，还是一个偷窥者，她们从来不放在心上。

更有偷懒者越过栅栏，肥胖的人摇摇晃晃地走过去。路牌提示车辆：禁止左拐！禁止鸣笛！禁止人力三轮车通行！入夜处，街头聚满了车夫、泥瓦匠、钟点工、油漆工、手工业者、闲散的人和卖艺者。

每天傍晚,沿着小区的周围散开、吃喝。市容纠察队一次一次地驱赶他们,搬走他们的工具,杂物散落一地。后来,他们转移到别的地方了,这人来人往的街道,又多起来二道贩子和占卜者。你只身走过去,听你是外地口音,便迅速地围过来,兜售他们的次品。

你不搭理,他们很快走开。他们用方言粗野地骂着。或者有人低声地向你靠拢:需要吗?很便宜的。——他们指的是电话缴费卡、翻新的小灵通和手机套;——她指的是洗浴、按摩和推拿。迷乱的场景直接地触痛到我内心的生活,那种感觉无可名状。白夜的光逼近我,黑暗无处躲藏——她脸上的粉刺、青春痘我清楚可见。民工们把脸凑过去,没有回过来。音乐低回,卡壳的磁带唱着——妹妹你大胆地往前走……这样的夜晚,谁倾诉,谁在倾听呢?懒散的人踏着拖鞋走来走去,街心花园坐满了人,他们低声谈论或无精打采。

有些人此刻进入梦乡,在繁复的生活中保持孤独的心。其实每个晚上对诗人来说都如胃对食物的打磨。我的胃里有杂粮、青菜、水果、植物油,和水。晚上,我开始想这些根、茎、叶、果实。它们和金属、皮革、布、阳光、沙石等一起呈现于我的夜晚。

此刻,有人可能坐一辆陈旧的公共汽车摇晃在路上……灯光下读晚报、吃夜宵、逛街、漫不经心地散步、舞蹈……而我的内心比他们走得更远,在漆黑的乡村夜晚,我孤身走在路上……十年前,那片的星光还是湿漉漉的一片……

这样的夜晚,我安稳地睡过去。

百感·交集

我想去一个地方,它要满栽李桃,有小溪,还要有桐子树,春天开着白色的花,树上爬着一种身体绿色的毛毛虫子,蛰在手上刺痛。

我想十年回一次乡下,我祖母还活着,白头,少年心事,还在路边和陌路之人搭讪。你喜欢看童子赶着家禽四处奔跑。看我在远方,电话里你莫名其妙地发呆,我一个人在说话。而斯人已去……橘花还开在井边。我想带着儿子去看你,他还不会说话,他喜欢看水,看那些无名的小花,他和我小时候一样喜欢把尿撒在庄稼上。

夜里醒来,我坐在露台上,随手翻动几页书声,照片落在我手上,我想起来要打个电话,但你已经睡去半年多了,怕被惊扰、怕被问候。

如果在墓碑刻上字,它只能被我写着是:

母亲。除此,我们都不会放心。

你沉静在身体的大地里,回到襁褓的时候的温暖,这是一次轮回,永生也是永灭,我们隔着泥土互相取暖。我们之间长着草、树木、季节、世界,但我一伸手仿佛回到自己的童年。

黑

　　我见过的黑色的事物有煤、漆、铁、塘泥、西服、油葵、石油、乌云、蓖油、乌鸦、油菜子、中草药……它们沉默着，寂静，寂静。我见到它们表面的黑，在光线里摇晃，在我的生活中围绕。我有时见到它们，像我见到熟人刘昱、黄海燕、刘海泳、黑姐、老铁、祖父；还有我在书籍中读到屈原的黑、老子的黑、杜甫的黑、王国维的黑……他们的黑，像我的初恋情人一样的眼睛、头发、皮肤的黑一样，在清水的大地上流淌，有我血液一样的颜色。他们也沉默着，寂静，寂静。

　　我在寂静的夜里，听着风是黑的，看着旷野是黑的，冥想里每个人的身体都是黑的。沉默着，天空和大地，万事万物被陷入无限的深渊中。我踩到它们，我的脚底颤巍巍地沉下去。我心存敬畏，小心翼翼。在我的眼里，青草、绿叶、红枣、白果、黄土——它们在这巨大的夜晚——这黑色的容器里，慢慢地变老、成为黑色。寂静。寂静。寂静。寂静。寂静。寂静。寂静。寂静。寂静。寂静。寂静。寂静。寂静。寂静。寂静。寂静。寂静。寂静。寂静。

　　通常我对黑色的事物有恐惧之感，想到黑色的恐怖、死亡、遭遇，想到1993年的龙山煤矿，黑色的优质煤，它埋葬了13口人的血，使它更加乌黑发亮。他们全身散发煤一样的光泽——除了露出的牙齿还是白的。我记住了那口2.5×3米的矿井，像他们活着时的瞳孔，黑黑黑黑黑。黑黑黑黑黑。而此时我更深的是感到的是寂静，无声里——内心奔腾的思索。除此是孤独——黑色的，一个人的孤独。

除此，是最亲和的接近——是亲密无间，例如我吃的黑米、高粱、荞麦、黑豆、菜油，它们是黑色的，我喜欢吃它，它们含铁、淀粉、蛋白质、植物脂肪，含有我对那些熟悉的庄稼劳作具体的体验。我常常沉浸在这其貌不扬的事物中，这其貌不扬的颜色中。

它内心的温度、湿度、味道、色彩，我不知道。

它表层的颜色——黑——黑——黑——黑——黑——它是黑色的。

它们是冷漠的、幽深的、单调的和沉默的，它们还是少数的。在我日常生活中，大面积接触的是白色的建筑物、办公桌、电脑、日光灯、墙体、塑料泡沫……有人几乎淡忘了这黑的时候——有人在城市贩卖它：黑豆腐、黑蘑菇、黑干子、乌鸡、乌鲤……价格要比同类产品贵出很多。如金属黑铁一样，从它们的颜色开始，我开始了触摸它们的皮肤、骨骼和肉，我抵达它们发出的声音，空——空——空——空——空——我也抵达了自己的内心。

街 道

　　现在,我想起1985年夏天的街道:坑坑洼洼的黄石大道,灰色的水泥路面,被油漆刷过的白色斑马线,格外的醒目。它修补过的地方,沥青被太阳晒出一层黑色的油毡。我老远地闻到它散发着刺激的气味。汽车跑过,它发出嗞嗞嗞嗞嗞的声音,好听。人们踩上去,鞋底粘上了黑黑的一层油,抬腿起来发出吱的声音,再踩下去抬起来又发出吱的声音,与汽车跑过的响声有些不同,还是好听。

　　那时的街道的两边布满小贩们的灶具、三轮车、柜台、折叠简易床、桌椅板凳。沿旁的门牌上写着:1236号、1269号、1321号、1365号,我弄不清这些数字的背后,黄石大道它有多长? 时常有人上身赤膊地站在树荫下摇着蒲扇,时常有人坐在那里抽烟。杂乱的路面堆积着泡沫塑料、冰棒纸屑、水果皮、菜叶和杂物,垃圾桶在那里成了个摆设。他们向来来往往的人群吆喝着。多年前——那小贩们的锅碗瓢盆的声音,像今天我走过早餐店、菜市场的声音一样此起彼伏……

　　我最初的记忆存留着这些街道的声音,好听。从声音开始,我记住了这些街道——黄石大道、大冶大道、汉口大道,及此后西安的太乙路、朱雀路、友谊路、建设路……每条街道都有好听的名字。但是我忽略了自己从前关注的街道长度——其实我也弄不清,这平平仄仄的街道,它的长究竟是多少。但是它的宽:四车道、六车道、八车道、十车道,从来没人怀疑它。——它的十字路口越来越多，汽车越来越多，路牌标志越来越多，宽度更宽。比如从我现在居住的吉祥路出发去明德门，就要经过子午路、纬二街、长安路、丈八路。或者从明德门出发回到我居住的吉祥路，我要走的另一条路：朱雀路、电子一路、太白路、高新路。无论从哪条街道穿行，我们的目的是一致的——内心回到平静的居所里，我们不愿把过多的时间逗留在街道上。我在想如果时间再回到1985年夏天，我坐车穿过整个黄石大道只需要半个钟头，现在却需要一个多钟头。而那时街道在地图的比例是10000：1。而现在是50000：1。而长度不变。

这时间的两端，街道发生了很多的变化。比如，1998年我从杨家村坐车去土门市场。乘401路车去小寨，改坐603路车钟楼下，再乘坐611路去土门市场，大约需要40分钟；而之后我去那里，从杨家村出发坐401去医学院下，再改乘101去土门市场，而需要一个钟头。——1998年的二环路正在进行紧张的收尾工作——2004年的二环路高架桥已经通车。

我们像站在城市的秋千上，被街道晃悠着。从一条街道去另一条街道，街道越来越宽，而穿行的时间却越来越长。它们的声音没了，汽车的喇叭声没了——那此起彼伏的小贩叫卖声没了——汽车跑过时发出的嗞嗞嗞嗞嗞的声音没了，而我还逗留在路上。

有人隔着车窗的玻璃叫卖《华商报》、《西安晚报》、《三秦都市报》，一块钱三份。我常常这样把时间留给它，给街道。

三个鸟巢在树上

　　冷风刮在旷野的杨树上,嗖嗖地响,它从鸟巢里落下来灌进我的衣领里。风在不停地刮着。宽阔的沼泽地。盐碱地。黄沙地。遥远的天空下,布满子立着的树木,一株株杨树,在机耕路、柏油路和高速公路的两旁向前延伸。越来越远的羊群在坡地上,没有人看守,它们在太阳底下,跪拜、啃草、喵叫着。北方的天空中鸟在大风的岸上是寂鸣的,一只鸟叫,是乌鸦,在那枯黄的树叶还挂在枝丫上,瑟瑟作响。

　　在半个村庄的后面,拖拉机突突地开过来。在空荡的平原,拖拉机手被风和柴油烟熏黑的脸,和大地上的枯草一样的灰,大风一溜烟工夫把他和它扬起的尘土吹去了。天有些干冷,在三月的午后,河流瘦瘦地躺在地上,像条弯曲的蟒蛇,一动不动,那里结了厚厚的一层冰,人们可以毫不费力地跨过去。我远远地就看清它,这白色的河流,比云朵还白。它在陈旧的大地上显得格外的明亮。

　　那时有人走出来,穿着臃肿的浅红的棉袄,少女的辫子,肤色。她缓缓地向那片杨树林移动,她年龄大约十五六岁模样。她拾起那些遗落在地上的枯枝,整齐地码成一堆。枯黑的,像鸟巢那样错落地摆开,一堆,一堆,没有规则。我走近时,这些发灰的树枝是去年冬天枯掉被大风吹落的。发黑的树枝是多年前,它明显有些腐烂的气味和颜色。少女忽视我的出现,她看了我一眼,低头干自己的事。她清瘦的脸上,被寒冷的风吹红,她没有用诧异的目光打量一个陌生人……这多像我诗歌里的一个场景：我爱你，少女的眼睛，水也能像风一样荡漾/我爱你，陌生的人。羞怯的月光下，我也能看清你睫毛上露水/我爱你，如果你含羞低头，我就是你脚下的草……而你爱的是这片杨树的大地。

在树脂香的气味中，天色渐灰下来，太阳斜挂在低处的树枝的鸟巢上，色彩泛黄。乌鸦叫起来，它们扇动着翅膀，从一棵树到另一棵树。也扇动我少年时代的记忆、往事、词与物，它们仿佛又回来，在我周围，却不是我的故乡。这雁北的春天，草根没有发芽。杨树布满了鸟们的黑色的巢穴，去年的庄稼地种下小麦，半裸在地面上，等待发芽。

接着黄昏来了，半个村庄沸腾起来，鸟雀归来。那辆拖拉机从远处突突地开进来，满载着煤块，机耕路上摇摇晃晃着黑色的尘土。煤是无烟煤，浅黑的，我在这里吃到的土豆粉、粉丝大概也是这种煤蒸出来的，它的颜色也是浅黑色。这里的杨树、土地、鸟巢、乌鸦及我吃过的油面和土豆粉、粉丝，它们的颜色与煤块接近。仿佛四处散着都是煤的味道。

风，不刮了。一片杨树林，或大片的杨树林，有十万个鸟巢不感到惊异。在路上，我时常看见三个鸟巢挂在一棵孤寂的杨树上。此时，鸟还没有飞回来。它们都是漫游者，让人想起游牧、出塞、诗人、月光、大雪、孤独、旷远……而众鸟却留在那里，把家放在那里心安理得。这么多鸟挤在一起，栖居，像海德格尔诗意地栖居于乡下。它们有水草、种子、果实、动物做伴……

城

这个夜晚终于来临,伸手可见的城,汽车和街道彻夜地咳嗽、呕吐、拉稀。我听得见——它们像下水道的声音,彻夜不停。

我知道昆虫也爱这个城市。它们互相热爱着。

它们需要互相偎依,找到温暖。

此时,麻雀已经入睡,在空调的通气管旁边。

4月5日,夜。

白色的墙

墙壁是白色的,这可能是常识。

这可能是错误的,这可能也是常识。

我的视觉往往在黑暗中丧失洞察和明晰的力量, 我在此感到恐惧。

面对它,我在一本书的反面,看不清一个字,一切皆是可能。

它上面爬满了尘埃的土(看不清)。几年前的虫的尸体。壁虎。月亮照进来的光。某张贴图。蜘蛛网(不见蜘蛛)。

这栋老旧的房子,一面墙壁上装上了壁式空调。夏日,它不断地发出噪音。

桌　子

桌子上有几封拆开的信函。

明亮的灯光照在上面。纸张散落在那里，网状一样粘上书籍、闹钟、手机及充电器、烟灰缸、笔、烟、照片。多么拥挤不堪的桌面，我再想把钱包放上去，它是不可能的。

如果我什么也不放，我的手也会不停地磨蹭它，直到我们都结满茧子，直到我们完全腐朽，我们互相不认识。

之前，它的身体是多么的光滑，它有少女一样的身体，我承认，但这一切已经过去。

此刻，我也老了。

寓　言

　　它几乎是不可能的，一只乌鸦飞进了电梯。但确实是事实。一条狗当时也在电梯里，它可以作证；它的主人是个6岁的孩子，也可以作证。人们对此事感兴趣在于乌鸦的最后的结局。过程是这样的：这只乌鸦一点也不紧张，落在狗的背上，它使劲地抓紧它，狗没觉得异常和紧张，紧张的是这孩子，尿湿了裤子。

　　狗抖落下一地狗毛。

　　乌鸦也飞走了。

　　晚上，我梦里见到孩子问狗狗：你疼吗？

　　狗狗说：没想那么多。

　　孩子又问狗狗：那你在想什么？

　　狗狗说：乌鸦它会松开吗？它能不能抓得更紧些。

　　孩子又去问乌鸦：你紧张吗？

　　乌鸦说：我满手狗毛啊。我哪会想到它是一只凶狠的狗呢？

　　孩子问乌鸦：你怎么不抓住我呢？

　　乌鸦说：我怕抓住了你，我再也松不开了。

　　在乌鸦眼里，狗比人善良得多；在狗狗眼里，乌鸦和人一样可能是至高无上的。

旅 行

这次旅行是我为了加深对草和泥土的认识。它是短暂的。

除此，你还认识了水稻和棉花。对村庄有了初步的印象。对我的理解是水土不服。

我们的沉默始终谨慎着。没有意义。没有过程。没有方向。甚至是无始而终的。

我反复想起你的手、鼻子、耳朵、脸颊、嘴巴、乳房。每次好像比上一次更加熟悉，这只是加深了上次的记忆。

它更加符合本质的要求。

我们没有任何准备，在黑暗里，史无前例地行使。

像闪电一样。

像乌云一样。

像暴雨一样。

像狂风一样。

突然我们结束了。

路

　　看见树耷拉着叶子,在夏日的光照下被风扬起。看见黑色的垃圾袋堆在半边虚掩的门边,有人进出。一条路,反复地被人修理,这些人黝黑的脸, 他们的手不断地挖深生活留给我的记忆——彻夜不停留地挖——机器的轰鸣,让整个房子颤巍起来。它的两边被隔开的挡板被人卸下来,他们喜欢走捷径去菜市场、去早餐店、去商铺、去上班。推土机和拉土机来回跑动,路政指示牌提醒他们:修路给您带来不便,请绕行。却有人为此付出一条腿、半只手,或者整个身体——没有人搭理这些,他们依旧熟视无睹地穿行。他们要省掉力气和时间,在自己的身上,在自己的大地上。往往,一条路整理好了,他们丢掉了命运,剩下残缺的手或脚。我看过去,端直的水泥路,很漂亮,五颜六色的人看上去完全没有了那回事,他们可能不缺手不少腿,但在路上还是遇到发生车祸的事。这些陌生的脸,刻在青春的记忆里。我无法找回置之身外的感觉,我无处不在其中,那些路边小贩提醒我,我可能需要这些廉价的物品;或者是蹲在那里的小工们,我想起我家的厕所堵塞了、墙壁被熏黄了、插座可能接触不好、地砖裂缝了;还有我想卖掉旧报纸、空瓶子、废塑料,收破烂的人排队在那里等着。这条路突然来了这么多人,还真好。路边上又多了许多店面:理发店、便利店、面馆、话吧、快餐店、棋牌室、足浴、网吧、邮局、计生用品店、茶秀,它们陆续开张。我要找的人都在,我想去的地方也有了。它们确实有些乱,我的生活大概是这样的。住了一段时间,这些地方开始熟悉和破旧起来,但不久一些店面又开始翻新,有些彻底改头换面了——话吧改成了干洗店,网吧改成了歌厅等。而路还经常被深挖,加宽,填上,隔段时间又挖了,听说,一场大雨下水道堵塞了;不久,煤气管道改造;电缆要埋地下了;夏天没过,市政供热管道开工了。一条支离破碎的路终于开始支离破碎起来,像月亮一样,圆圆缺缺,只有它自己知道。

记 忆 一

从楼上望去,那片庞杂而低矮的建筑就是杨家村。我在那里买过菜,吃过饭,睡过觉。其中最有印象的是没有名称的私人旅馆。逼仄的巷子里,贴满了小广告:办证电话、治疗性病、招租、出租房屋、寻物启事、美容美发等,而楼上是旅馆——两个大写的字写在木牌或纸板上,歪歪斜斜。那低速旋转的空调声中,夏日的嘈杂分外明显,满地的纸屑和塑料被风吹走;夏日的水果摊上、餐桌上、菜市上散发着酸腐的气味,苍蝇叮在上面,污水不断地流进下水道。在它旁边,西瓜皮散落了一地。有人光着膀子穿梭在太阳底下,他们是二道贩子,手里兜售一些玛瑙和玉饰品,他们向行人推销人工仿造的伪制品。也有人围上去,七嘴八舌地搞价。花花绿绿的遮阳伞下,体态婀娜的女人不紧不慢地走着。如果是一对情侣(男女),卖花的小孩快速地跑过去——推销他快要枯萎的玫瑰。五元一朵——三元要不要?不要钱,你小心中计,最后你还是把钱放在他的手里。

那时候我在杨家村。我租住的房子旁边靠街的房子就是私人旅馆,一楼是门面房,全一色的计生用品店和美容美发店。白皙而丰满的姑娘坐在里面,隔着透亮的玻璃,我清楚地看见她们的低胸。过往的人,有意无意地把头偏过去往里看,她们神情怡然,面容姣好。如果你贴近走,她会向你招手示意。有一次,一个衣衫褴褛的乞讨者上门,他被人推出门外。我诧异于这内心羞愧的一幕,每个人奔走在路上,用脚或者用手是无能为力的。如果不是乞讨者,是个民工或个体工商者,接下来我看到的是她们笑容相迎的姿态,只要你付出人民币,付出肉体,付出劳动,释放的将是青春的激情。我不可能无动于衷,我一只手已经伸进去了,被它搅动,被它卷到无限的深渊中,被它嘲笑、同情、可怜,又被生活践踏的时候,绝望不断。

那条破旧不堪的街道上, 风中摇摆的路灯忽明忽暗地照亮我们的身体,颜色昏暗的、明亮的、粉红的、各式各样的灯亮了起来。它挤满了临时搭建的小商店和流动商贩,人声鼎沸,更隐秘的私处,有人低声私语,这是秘密,这低头的过程,充满各式的诱惑。有人早把欲望置之度外。夏夜,我拖着疲惫的身体回到居所的时候,她们开始躁动不安起来, 透明或如薄纱一样的身体曲线, 左右摆动,这仿佛是旧电影里的若干个镜头:1、她去了一家私人旅馆,我听到敲门声;2、她拐进了一家洗浴中心,两手空空;3、她直接走进一家名为"红都"的美容美发店;4、她来到一个男人的身边,然后打车去了另一个地方;5、她原地不动,站在那里,若有所思的样子,偶尔有人低头过来……

那条杂乱无章的街道上,到处停放着杂物、垃圾桶、蜂窝煤、自行车、五金杂货,另有少女的裙子拖在地上。夏日的阳光恶狠狠地照在她纯洁的脸上,只有片刻宁静的风不刮了,知了又叫。有忧伤的人卖唱,过路者却无人驻足,他手拉二胡在唱一首忧伤的歌,秦腔的一种,歌声弥漫于街道上。陌生人的乐园,惊恐者的天堂,游手好闲者把目光紧紧盯在过往的行人里。我在杨家村三五年丢失的东西有三辆破旧的自行车,两个钱包(里面装有纸币10元、银行卡及身份证),晾晒的衣服一套,收音机一个。

它们和这些人这些事构成我记忆里刻骨铭心的部分。

消 息

　　有小道消息说,你从北方来,我只当玩笑,可能你不会来。天气预报上说青藏高原有雨夹雪,沸沸扬扬,那晚,我仿佛已经听见了,像你由远及近的脚步声,越来越清晰可见。不过那只是在梦里,我想起在明德门,我们反复地谈论各自的爱,身体,精神,诗歌,奔放的热情,火一样烧烤着我们,我们谈论黑格尔、尼采和叔本华,而你喜欢马克思,他与燕妮的爱情故事。有时候风把门吹开,把桌上的信纸、香烟、书、橡皮、零食、明信片,吹得一团糟,但杯子、手机、烟灰缸、收音机、钱包纹丝不动。那时月亮正照在玻璃上,它反出来的光照在床上,你的脸,我看得很清楚,有些紧张的忧伤。这秋天的风在明德门停留了很久,才刮到这里,你说。是这样的,我们在瓦胡同散步,小吃,冬天互相取暖,或者我们什么都不做,彼此沉默。你是用心在听,这世界的謦音,没有人如此享受过我们的爱。你喜欢给我写信,这些词:暖、干净、圣洁、飞翔、纯真、阳光……你反复地写在纸上,墙上或者天花板上也有你的手迹。那么多的爱,你把它编织在一起,从头到尾,只有梦想是幸福的。我不否认,我是一个粗心的人,我忘了你的生日、下班时间、周末、早上、情人节及在你看来有意义的日子,这些都被杂乱而无序的生活打乱了。我租住别人的房子,这不隔音的墙,半夜醒来,我听隔壁有人做爱的声音,这时想你,美好而难受。那时的天气阴沉着,像我的身体一样,疾病弥漫整个房子,全是中药的味道。而你在等待,彻夜不眠——你说,"你的身体……"我不想谈这个话题，身体对房子来说也是空壳，无法阻止我用嘴巴开始呼吸，这就是命运。这无比宁静的时光，我不喜欢读书，那些空洞的词和物，我听你说话吧，太阳正在降落，夜正在降落。我没事胡思乱想——

星星。麻雀。天空。空调。开关。游戏。诗；

还有暴风雨。尘埃。道路。远方。杂草。人群……

无　题

　　早上六点钟,我走在路上,林荫下的人,是个生动的人,我只看见她的背影,她执迷不悟地向街心深处走。一个红衣衫的人,如果她是少女,她正乘着风的声音走动。我听到依旧是细微的风,静止般的消失。第一个走向公共汽车的人,除了司机,还有我,后来陆续上来一些人,混乱的气息,在清晨的街道汽车嘈杂起来。

　　我不可能在清晨仰望天空。我的习惯是低下头去,从高处看下去,从阳台看下去,每个人匍匐前行,像草一样贴近地面,蜿蜒。我不断地沉静于其中,这蠕动的街道。没有人告诉你他要干什么,每个人赶往下一站,他是为何而去的? 风吹起碎物,吹动树,吹向更多的人,没有任何准备。也许,我能遇见一个熟人,我的同事、朋友,或者是其他人,总之是我认识的人,一个不剩,我也不会搭理他们。因为此刻,我的内心空空荡荡。

　　我的身旁不停有汽车擦身而过,庞杂的人群中有低语者穿行,其中许多不为人知的秘密,偷窥者是我,看美丽的少女,她们面容姣好地摆动裙子。幻想者把手伸向大地酥软的部分,一个人在黑寂之夜正点亮灯盏,他和另一个人正在布景……

　　我不可能无动于衷。

　　对于静止的远方,夏日的光摇晃晃地照在城市的脸上,雀斑一样明亮,树草葱绿。从不同地方赶来的人,拥向广场、楼厦、巷陌、胡同,他们是手工业者、工薪族,或者个体户、闲散的人,我无法辨认,从衣着去看,他们五颜六色,忙忙碌碌。当他们试图从一个地方翻越到另一个地方,他们的手早就伤痕累累,像伪钞一样打皱。在明德门小区,有人的一天被时间洗掉了,他们没等来一个光顾的人。手艺人的生活充满无限的变数。他们唾弃那些冥想而虚伪的激情,痛和痒,对他们来说,像肥皂泡。他们需要劳动,他们认识人民币……

你看他们,被生活压缩的茧,粗糙地伸向街道柔软的部分,钢铁正消化着他们的意志,有人用一条腿、一只手,或者整个人换回生活的回扣。他们的梦想被断送在飞速旋转的轰鸣声里,没有人知道他们的去向。而在一片阴翳的树下,有人席地而睡……其中好像有我乡下亲戚的背影。几年来,当他正试图用另一种方式通往水泥的路面时,他早已与家人全无音讯,当他还吃力地走在路上,更多的人又出发了。

我不可能无动于衷。我对此的理解全部来自于他们的脸、他们的手、他们的背影、他们的性爱、他们身体、他们的恐惧。是的,这一切都是可怕的,像疾病一样无处不在,我必须松弛和舒缓起来,这只是序幕的开始,祈求他们的宽恕吧。

达利的话

　　达利说马蒂斯是小市民和小市民趣味的赞歌。因为马蒂斯的缘故，我发现了达利的书《达利语录》。我对马蒂斯的画尤为喜爱，我有他的一本精美画册，我还有一本拜特写的《马蒂斯故事》，其实这本书与马蒂斯没什么关系，这只是一本小说。读到他这么评价马蒂斯，我开始读了这本不以为然的书。读完《达利语录》，我发现它真是本非常有趣的书。他的有趣在于他发誓自己不开玩笑，不对别人提出忠告，可他一点也没做到。他满嘴是定义和戒律，比如说，他写过欲想成为画家者十戒、控制梦景三原则等，他说他喜欢谈主义、历史、美国饭菜、法国人和毛泽东。他常常是谈得很离谱的幽默，他与读者是反思维和逆向而行的，甚至是混沌的。他几乎没什么正儿八经的话：我怕死……我出生之前就体验过死亡……死亡始终对我有吸引力……我不相信达利会死，谁相信他呢。天才可能是这样的，他敢于不断地纠正自己的错误，当然，他有可能把错误继续推向深渊。

　　我小时候读过红皮书，那时读着觉得好玩死了。达利只是摸了毕加索的屁股，又握了他的手，他老喜欢反复地说拉斐尔、委拉斯开兹、弗美尔、米罗，他最后把自己的名字加在他们的屁股上，他渴望与死人达·芬奇握手——天才有时是谦逊的，当然他年轻的时候通常是这样的。

　　趁我还年轻，我读达利的书，我要把自己的名字加在达利名字的屁股上。

　　当然我只是读了达利的一本书——《达利语录》，薄得让我拿不出手，因为它是令我最痛快的书，读起来不累，一天可以在不多的时间读两遍，32开，110页。我要是早已读完这本书，我把自己的名字放在他前面，也是有可能的。

两本诗歌集

我买的两本诗歌集是《海子诗全编》(1997)和《北岛诗歌集》(2006)。

中间隔着十年。这十年，朋友们送了很多诗集，我很少认真读过。

但我对《海子诗全编》的印象很深——它的封皮设计像棺材一样，感觉很阴森。可能因为他是一个死了的人。这本书我在黄石后人类书店购得。我最喜欢读他的《亚洲铜》和长诗《太阳》，他有些忧伤的诗歌成了我写文章时最爱引用的句子。我那时写了好多诗歌，有很多海子的影子——他的麦地、太阳、天空、夜晚、马匹等。那时我在沈下路昏黄的街灯下读海子的诗，大声地读，听得女生像鸟雀一样四处飞散。对我来说那是一种青春的痛快，它是一部诗歌圣经，让我内心趋向宁静。只可惜当时没有几个同学知道海子，他的诗他们连一首也记不得，但他们的古汉语和现当代文学照样考得好。他们每天忙着各类等级考试，但直至毕业后，他们很多人不知去向。

我把那本《海子诗全编》送给一位写点诗的女孩。我见到漂亮的女孩我就想送书给她们，当然她还要愿意。"书非借不能读也"，我不相信袁枚说的。我读的书都是自己购买的。但有些书是我私藏而从不翻看的，这样的书是朋友送给我的。有一次，友人来我家，要走了《杨春华藏书票》和于坚的《诗集与图像》，我后悔了好一阵子，因为他们的书都印刷得很少。

　　十年前,我为了读海子的诗,花了半个月的伙食费,我省吃俭用,那种美好令人疼痛。十年后,别人在我面前谈起海子,我真有点不屑,因为我觉得海子的死是种幸福,如果他活着,看着人们大话他的诗时,说不定他偷着乐呢。这正是他死前始料不及的地方。十年后,我依旧清楚记得他的诗:从明天起,做一个幸福的人/喂马,劈柴,周游世界/从明天起,关心粮食和蔬菜/我有一所房子,面朝大海,春暖花开……这也是我始料不及的。后来我再读到那些大口叫好的诗歌时,内心已感动全无。那种软,嵌在诗歌中,像水一样四处流动,口感舒服,真是好。前不久,我在汉唐书城买了本《北岛诗歌集》,放在马桶盖上,每次方便时,没事可干,就翻翻它,却坚硬如冰。但这种感觉是海子诗里没有的,它的硬,能撞击心灵,需要默默地读,更适合我坐在马桶上读。

　　读两本诗集,中间隔了十年。对一个诗人来说真是悲哀,只是为我自己。

两本小说

　　卡夫卡是我最喜欢的作家,我读过他的小说《地洞》、《饥饿艺术家》、《判决》、《在流放地》以及他的长篇小说《审判》,从此我认识了卡夫卡笔下的小人物格奥尔格、旅行者及约瑟夫·K等。他着力刻画这些小人物心理活动,在他笔下这种被扭曲被变形的世界里,他们命运的种种困顿和苦闷——我经常着迷于他在文字里建立的迷宫,在那荒诞、混乱、虚妄、令人绝望的世界里,卡夫卡营造的故事,经常有头无尾,平淡而无奇,没有矛盾,没有冲突,他叙述的人性充满悖论、变态和困难重重——在一切皆有可能而又似是而非的世界里,他寓言般的箴言写作,让我感受人类的道德和人性的荒谬和不可捉摸性。卡夫卡用文字给我打开一盏通向人类复杂内心的探照灯——你看到的是人类命运被制度和秩序异化的压力,这种困惑让卡夫卡终生小心翼翼地活着,他自卑、敏感,他对生活的审视来自他的身体。可以说从卡夫卡开始,小说的人性和身体性就显现出来。

　　卡夫卡小说中的格雷戈尔,他在某一天清晨发现自己变成一只虫子时,他的腿在微微颤动。我想起十多年前那个清晨一觉醒来后,我的梦里全是他,我起床第一件事是摸了摸自己的脸,又看了看自己的腿,还好,全部都在! 这是我第一次读他小说《变形记》后我所恐惧的事。这和我后来读到《金瓶梅》这部伟大的古典小说的快感是一致的,只不过这次是遗精:早晨醒来湿乎乎的一片。

余华和《耻》

　　余华和《耻》没什么关系,《耻》是南非作家库切写的。如果说有些关联的话,我觉得他们都把长篇小说写得那么透明,那么简单,真是了不起。几个人物的事,几代人的生活,都是一些既残酷又美丽的事——残酷而又美丽,同时充满仇恨和友爱交织的力量。他们讲述的都是悲剧故事——这种力量的背后人性显得是多么脆弱。从开始阅读余华的《活着》开始,动摇了我对长篇小说的固有的看法,在长篇小说越来越趋向宏大的叙事的今天——动辄几百个人物及巨大的生活场景,庞大而冗长,而我却很难记住这些小说里某一件鲜活的事,某个生动的人。这些仿佛与个体——人,没有丝毫的瓜葛,他们不食人间烟火。但这部仅十万余字的小说给予我的是长时间的灵魂的颤动,余华描写的是平淡生活中一个人半个世纪的血泪史,在那些毫无诗意的生活,近乎冷漠的人际关系里,"我"——作为人的命运的个人史,他从生到死的全部——吃喝拉撒,对我们活着的人意味着什么? 这也许不是个问题,余华没有直接告诉我,他在小说的结尾暗示:黄昏正在转瞬即逝,黑夜从天而降了。他只是一个小说家,不是个预言家。"我"——在不可预测的未来,走向遥远(命运在我看来的不可预测性)。他是位自然主义者,他始终走在"拯救自己"的路上。《耻》恰恰相反,"他"——卢里的生活之"耻"的因果报应,但他还是放弃了拯救的道路,拯救谁呢? ——像"我们活着为谁"一样,无从答起。而《耻》不加修饰地展示道德的尊严和性的优雅美好,在常人看来这几乎这是不可饶恕的。

去年,我到诗人马非的办公室,他送给我两册余华的中短篇小说集《现实一种》,翻读了《黄昏里的男孩》和《我没有自己的名字》,记住一个叫孙福的男人和一个忘掉自己名字的人。我想起我读卡夫卡小说中那些小人物的影子,病魔一样张开,充满了无限悲凉和人性的伪善。恶——无处不在。几年前,我又买了本余华的《许三观卖血记》,未读。最近余华写了本小说《兄弟》(上册),摆在书店显眼的位置上,我已经没有想读的冲动。

另外两本书

　　梁思成的《中国雕塑史》和《中国建筑史》我认真读过，是两本深奥的书，为什么说他深奥，可能是他讲的有些专业，他的国文好，半是文言半是白话的句子让我读得很累。好在图片非常丰富，另外加之我对我去过的一些地方还有些印象，一部分文字我深有体会。比如大同的云冈石窟，我去过几次，第一次是小说家王祥夫陪我去的，他作画一幅送我，我很是喜欢。第二次是我回来后又读梁先生的《中国雕塑史》，是自己想去的，因为他讲到云冈雕饰的形状、大小和色彩，在我印象里已经全无，我去还有些考证的意味。王先生是红学专家，又是收藏家，我去过他家里，见过他收藏的一些作品，大都是云冈石窟方面的，但我喜欢他的画，几次电话里索求，他满口答应。下次如果要去，我决定带上梁思成的《中国雕塑史》，去看个究竟。有一次天水的朋友邀我去麦积山看石窟，佛像大都是泥塑，观看了大半天，这大概与梁先生喜好有关，在他的书里没有找到有关这方面的记载。这两年，我途经天水，来回于大同，总是想到这本书所谈到石窟的事。

　　梁思成另一本《中国建筑史》，我更是读了多次，后来又找来楼庆西的书，他讲的是小品建筑，他那本《中国小品建筑十讲》，写法朴素而翔实，增加了我不少见识。初读他的文字就想着他和梁思成的关系，后来得知楼和梁一起共事过。他们书上的文字简约，硬朗，形象而生趣，都是好书。这几年我藏有许多有关建筑方面的书，比如说《建筑十书》、《中国古代建筑二十讲》、《江南祠堂》、《中国木建筑》等，其中我最喜欢的《中国雕塑史》是我的朋友邹赴晓借给我的，他于2000年6月购买，四年前我拿走，一直未还。另一本是《中国建筑史》，记忆中好像是被一个莫须有的人拿走了，我想不起来他的名字。写到这里我希望有人能大发慈悲，送我一本，我买也可以。如果是周公度拿了，我是不打算要了，因为他不喜欢建筑方面的书（尽管他浏览了不少书），放在他家里，我想他还是要翻动的。

读《恽毓鼎澄斋日记》

　　我读的《恽毓鼎澄斋日记》，是本好书，恽毓鼎三十五年生活所得，有读经史论诗词心得，有民俗风情、家庭日常事记载，也有时是文献参考，读起来很杂，还有很多日记没有记事，只有天气状况，让人觉得不光是古板，还有些严谨的意味。给我最初的印象它是干且瘪的，不是像海绵一样充满水分。后来我读到很多日记体散文，比如《胡适日记》、《伍尔芙日记选》等，都是他们时代生活和心路历程的记录，都很简单和质朴，清水里洗尘，一览无余。

　　古人结绳记事就是文字没有发明之前的日记，它具有记事的功能。它一开始就遵从简单的法则，有事便记，没事省去。这大概是日记的雏形吧。我自打看图说话写作文时起，便按照语文老师的要求每天写日记，那时不懂什么是日记，日记成了流水账的代名词。老师批我作文写得不好，可以写的像日记，老师夸我日记写得好，他便夸我写的像作文。这是真实的，我没半点夸张，他小学没念完，教了一辈子小学语文，是个糟老头。那时候，缺老师，乡村小学都是民办老师，没有一个师范生。他教我几年语文，我日记写了几大本，比如今天天气万里无云，今天晴空万里；今天没事就放牛，今天割猪草，都是农村大家知道的事。很多词被同学们反复地用，没什么新鲜感。我记得有位同学日记里写了帮妈妈做饭的事，受老师表扬了，第二天很多同学也写了帮妈妈爸爸做饭、洗脚、洗衣服什么的。后来写捉迷藏、写抓鱼、写什么去走亲戚、放风筝等等，都写完了，没事写了，就写自己每天上了几趟茅厕，大家都这么写。

十岁的孩子哪有这么多事啊。日记害人不浅。记得有一次我写自己偷玉米棒的事被他罚站了一天，还写了检讨书。我哪偷玉米棒了？我最多是把自家的玉米棒偷吃了。还有一位同学日记里写游泳，在河里摸鱼没想到摸了女孩的屁股，结果被老师打了一耳光。这是些过去的事。我爷爷说要是二十年前，你早被红卫兵抓走了斗了。幸哉，幸哉。

恽毓鼎写的日记是写在一百年前，他在日记里记载慈禧太后病危时令人下毒致死光绪的事。这是大事记，在当时是禁忌，可以杀头。这也许是我喜欢这本书的原因。我对恽毓鼎知道的不多，但我读完他的厚厚的两册日记，我只知道他是负责皇帝起居的注官，大约相当光绪的生活秘书(不知对否)。顺便说一下，《恽毓鼎澄斋日记》是我的高中英语老师石文柱送给我的，我非常喜欢，我又把它送给了一个帮我忙的人，因为他自称喜欢读各样的书，我不知道他是否读了我送给他的《恽毓鼎澄斋日记》。

他有三个孩子

事实证明他当初的想法是完全错误的，他三个孩子没有一个愿意认领他。

他来这个城市已经几个月了，他来的时候遇上了坏天气，大雪封住了他回乡的道路，他只好蜷缩在废弃的建筑工棚里，这并非无路可走，他可以去收容站，但他来之前没听说有这么个地方，更不知道在哪里。好心的过路人给了他几个硬币，有的人还给他衣服和食物，有的人朝他吐了口痰，当然昏暗的夜里，人们看不清这潮湿的过道里还有个人。他不觉得有什么不妥，也许是自己不该来到这个地方，瞧他把路挡着吧。但有一次，他满脸污垢地坐在街沿上晒太阳，有人从楼上的窗户向他猛力地吐痰，"呸"的一声，他清晰地记住。他怀疑自己挡住楼上的光线，他往楼上看了看，阳光照在玻璃上，正发出刺眼的光芒。他向左挪了一个位置，一只麻雀拉下的屎掉到他秃顶的头上，他只好再向左挪一个位置。

早晨的阳光照着他们肥肥胖胖的身体，冬日，姑娘们像修女一样白净的脸上，比太阳还白，直觉告诉他，这是一张张他从未发现的脸，白得像他妻子年轻时候的乳房，想起这他有些黯然神伤。可惜他妻子去年已经死了，他两个儿子和一个女儿回来过一次。也就是那一次以后，他开始想到他的三个孩子，他决定投奔他的孩子们。第一个是儿子，小时候最听他的话，性格最为温和，热爱学习，是最让自己骄傲的。唯一不好的是他经常生病，没一点像自己，他

109

那时有强健而威武的身体,他性格刚强,脾气暴躁,但他从不打骂老大。因为他身上的优点和缺点,他儿子一点也没有继承,他是个值得信任的家伙。从那时起,他几乎把家族的希望寄托在他身上。不错,他儿子大学毕业后进城工作、结婚,从来没让自己操心过。他还经常把钱寄回家,不过已是儿子结婚前的事了。他第二个孩子是姑娘,说起来,他女儿是远近闻名的大美人,他闺女内敛和诚实,从来不水性杨花,见了熟人还老远地躲开。她妈死后,她嫁了一个有钱人。还是说说他最小的儿子,几乎是没什么值得他回想的,小的时候不学无术,经常打架,脸上还留有一道刀划过的疤痕,听说现在混好了,谁知道呢。

他三个孩子都在这个城市里,有一天,他敲开他大儿子的门,让他儿媳吓了一大跳,以为是遇到鬼了。门"嘭"一声关上了,再敲,无人应答。于是他来到第二个儿子家里,他儿子和他吵了一顿。"你知道我这里很危险,随时有情况,你不宜出现在这里。""我老了,我不会乱动的,我可以帮你操持家。""噢,我干了很多坏事,我会连累到你的,你还是走吧。"他走投无路地来到他女儿家里,可是他得到了一个不幸的消息,他女儿早就离家出走了,大概比他来这个城市的时间更早些,至今杳无音讯。他想,这么好的姑娘,从小从不乱跑的,长大了,怎么就跑不见了呢?"你没找过我女儿?""当然找了。""你到哪里去找的?""这个城市我找遍了。""你想过其他方法没有?""已经报警了,还有什么办法呢?"

是的,他想过一些方法。比如前两天,他听说一个老人,他不想过乞讨的生活,于是他偷别人的东西被抓,他乞求警察把他关进监狱,可没有人理睬他。比如上一次,有个人爬上烟囱,如果老板不给钱,他就往下跳。他想过这些方法,如果,他的孩子不管他,他就把自己杀死。可是,他没钱买一把刀,他也没有力气爬上烟囱。他太老了,远远地看他,他的背影干瘦得像根火柴,就算找到有烟囱的地方,他能爬上去,也许没人发现他。

痛

　　多少年来，在人们看来他是多么强壮地生活着。人们把他看作一头大象的鼻子、牙齿、屁股、足和腿，或者你看他喝多少水，拉多少屎，你能知道他的力气有多少马力。他的步履沉缓地踩在蚂蚁和草的身上，蚂蚁告诉你：看！他是多么的卖力，多么的臃肿。草也会告诉你：别看他现在还能晃悠悠的样子，他还能啃动一些东西，但牙齿掉得只剩下两颗了。人们还是觉得他有鼻有眼的，精神焕发，这使得他更像一头公牛，他的悲剧从他的身体开始，他拥有了雄壮的体征，又有使不完的劲，人们不停地夸他：他是个完美的人，是神（不像个人）！有时候，就像我看一只老鼠和老虎的区别，当你强大时，你拥有的缺点都是力量。

　　多少年来，他强壮地活在恐惧中。他的恐惧全部来自他的上流社会，这些客人跟他一样过着索然无味的生活，同桌吃饭的几个人抽着烟，可能是好猫牌，或者国烟牌；有时喝干红，有时也喝白酒。他们是来看他的，互相认识，来自不同的城市，也许就在城市之外，议论一些冠冕堂皇的事。他寂静地孤独着，对于他之前在乡下的经历，人们都很羡慕，简直是生活在世外桃源。朋友们赞许他的热情，赞许他的果断和实干，是的，他也这么想。曾经，他就读的一所专科学校，校门挂两个学校的牌子，在城市地图上找不到具体的方位，连老师都不信任自己的学校，纷纷调走。那时候，很多人，打听他的情况，熟人、邻居、朋友、医生、同学，还有某某警察。他身体不好，品行一般,口碑——无人谈及他,一个被人遗忘的人,他父亲也不知道他去了哪里。他邀朋友们去他家看水稻和池塘,吃红薯和南瓜,而他的朋友们却来自另一个村庄。

十年了,八年了,为此,他谨慎地活着,探询一些问题,看上去,他的面容姣好(他喜欢这个词,他经常用来赞美他的妻子),身体开始发胖,肝脾开始变坏,具体到做人的细节,他像个动物,他不是大象和公牛,他觉得自己是一只被遗弃的猫。怎么说呢?他喜欢像美国人那样把自己比喻成一只狗,遇见了陌生的人嘟囔着:蠢货,走开!中国人喜欢猫,那就猫吧。他想甩掉那些那些令人讨厌的记忆,那些不光彩或鲜为人知的事。然而他已经老了,皱纹从脸上一直耷拉到隆起的腹部,看起来毫不夸张,像个小丑。他现在遇见他的朋友们,告诉他们,那时候,他是偷过别人的东西,摸过女生的小乳房,在城市里盲流,乞讨,还有把自己扮成某个著名大学的学生,和漂亮的女生谈恋爱,干了很多不体面的事。

现在他告诉很多人,当然没有一个人相信那是他干过的事情。因为可能是自己老了,或者他真的糊涂了,他除了衰老,他看上去还有些慈祥,大概是这样吧。

杂

这七八年中，我做过很多的杂事，代课老师、图书管理员、广告业务员、编辑，直到现在我还杂七杂八地干着一些事情。因为我心里的杂念很多，我想赚很多的钱，想做很多的事，我要健康的身体，还要生很多漂亮的孩子。我去菜市场，去上班的路上，看见许多的农民工蹲在街边，他们的名片是水工、电工、泥瓦工、油漆工、钟点工，他们今天干到活了吗？我不知道。街道上有几个乞讨者把手伸过来，几个硬币在钵里发出清脆的喔嘟声。一个干瘦的老人拉着我的手说：行行好吧，行行好吧。我能说什么呢。昨夜，我在长安路上遇见大雪，一个老人吃力地拉着满载废品的架子车，他吼的是秦腔，曲是从嘴里一个个嘣出来：别看我哎受可怜，心里迟早没有负担；吃得不好只要噗饱，衣裳再烂只要能穿……悲凉之极，寂静之极的夜晚，匆忙的人群驻足下来，我的心里有种酸味跑出来。我一直想，大地生杂物，天空生云雨，人生杂念，都是生生息息的事。为什么一个人与另一个人的生却是那么的分明。想来我真是有愧，我有时为了一点小恩小惠，有时为了那么一点委屈和辛劳，却没有了立场和诚实。每天我习惯了电视报纸上的新闻，寡淡而索然无味的图片和文字，不痛而痒的话题，痛而不快的事，你们都见到了吗？这些都是没有办法的事。

夜里，我读白居易的《卖炭翁》，随手翻看余华的《活着》，那些忧伤的人都看到黑漆的事物。不同的是我只看到一本书，它的黑色的封面——形态低垂的人,目无光彩,落满灰尘的脸——那本庞培的《乡村肖像》,我没有一篇能认真读下去,因为他像个乡镇企业家。而我的周围,灯火光明,夜的外面是工厂的轰鸣和汽车扬起的尘土,年复一年地堆积,像耳屎一样阻碍我们的听觉和睡眠。而在白天的光阴下,这冬日的人群,臃肿发胖的身体,胭脂味弥漫的街道,他们窃窃私语,我听到,有人在大喊:我的包呢?不见了!许多人恍然回过头来看他。我也随意摸了摸口袋,钱包和手机还在!餐饮店里的老板提醒大家小心小偷。而在此不远处,一起交通事故,人群把整个街道围住,救护车的声音呼啸而来——我想他刚才也许是和我一样在想一些可能的事,他忘了自己——他是一个穷苦的人,衣衫不齐。七八年前,我也是这样的,我整天埋头走在路上,想着怎样好好做事,挣得更多的钱寄回乡下。而好几次汽车从我的身边闪过,好险的时刻!现在想来,仍心有余悸。之后,二道贩子叫卖的声音,他们向行人极力推销IP卡、旧手机和防盗皮具,很少人搭理。刚刚过去的事情好像什么也没发生过,内心的平静重归于喧闹的市井里。

医　院

　　晚上,妻子一觉醒来,肚子痛得不行,整个人脸色变得苍白。去偏远的高新医院。挂号,排队,寂静的人群下,深藏着不安的眼睛,我的心从来没有这样的恐惧,白色的墙,几盏白色的灯,闪烁着,时间指向了零点。紧急门诊的过道里,扎满了人,他们躺在临时的病床上,是来苏水的味道。疼痛的呻吟包裹着干燥的空气,浸满了血渍的白纱布,散发出阵阵腥腥的气息。在医院的通道里,空无一人的走廊,夜沉睡得令人可怕。我多次这样一个人待在这里,病人的发自内心疼痛的喊叫,婴儿的啼哭,在夜的宁静中格外的明亮,闪电般。这样的阴森的医院里,有如坟墓一样,巨大无比的寥旷,一个人坐在排椅上等待最后的诊疗结果。那时候,我想起我住院的时候,肾绞痛,蜡黄的脸上,变形的表情,一个男人的眼泪和眼屎一起布满了眼睛。我的身体侵蚀了不同西药的体液,上帝见我也怕了,他让我留下来。命运像自己脸上的皱纹,你挣扎得越深,你越摆脱不了它的安排。

　　医院对于我来说它就是——让你付出了代价,又让你活下去,或者让你死得很舒服。

　　而我最初的印象来自于我对医院气味和色彩的甄别。它来自我那时见过的医院——四顾闸卫生院,一个计划生育流动站——我母亲和许多育龄男女结扎过的地方——它直接构成了我对医院最为深刻和疼痛的记忆。那些气味是中成药的草根味,或者西药的化学味,刺激鼻子最深的是来苏水的气味,整个夏天,风会把它吹到田野上,学校里。那时只要有白大褂的乡村医生提着药箱赤脚走在田埂上,见他我们就远远地逃开了。小时候我们最怕的是警察、医生和巫师,而最不怕的恰恰是猫猫狗狗。记得谁家有小孩哭闹时,大人的嘴里,嘣出最多的词是医生和警察。我那时真的惧怕他们,而且这么多年,我又不断地同他们交往,我发现我越来越惧怕他们,这种思绪不可名状。

我住院的时候,那白色的脸和衣服,那白色的床单和建筑,大夫和护士的手,看着他们的笑容是多么值得怀疑。"一切为了患者,为了患者的一切,为了一切的患者",多么温暖的标语,有如黑色幽默。我见得太多了,像医院那些黑色的野广告,牛皮癣一样到处张贴着。我从容地看着它们,那些宣传单,它们的宣传品是婴儿奶粉、鲜花店、骨灰盒等等,宣传得最多的是治疗癌症的药,我什么也没想。有人随手把它丢到垃圾桶里,但又有人把它贴在厕所里。

我的身体不好,我常常去医院挂号排队,就诊排队,取药排队,住院排队,我不知道等待了多少个这样的时候。去医院,心情总是不安的,这种不安像那里的牛皮癣一样,没法删去。但我又是寂静的,不管我是怎样的恐惧,我还是要去的。

书　事

　　我想这次的搬家，以后不再搬了，我想把杂七杂八的东西处理掉。

　　这些东西，多半是我曾经花了很大力气买来的。它们是沙发、电脑、橱具、桌椅等，它们的样子很老，色彩暗淡，有的剥落了颜色，有的被手抚摩得光滑见亮。还有一些书，我买的和朋友们送的。它们安静地享受时光的打磨。

　　那些发黄的报纸，1998年的新闻标题，或者那些卷边的旧杂志，被我翻看了好多次，我重新翻出来，我叫来收破烂的，一个干瘦的老人，操着河南口音在明德门小区转来转去地喊。他看了看对我说，报纸每斤5毛，纸箱每斤3毛，旧书每本处理价格不同。例如《收获》杂志每本6毛；2000年的《十月》杂志每本5毛、《小说月报》每本6毛、《人民文学》每本5毛、《钟山》每本也是6毛；还有些书只能卖废纸，比如我编的《唐诗刊》、朋友们赠送的诗集、一些诗歌杂志和我的大学教材。

　　我真的不想再搬动它们了，一次一次地搬，把我弄得筋疲力尽。这些书有些是我翻过很多次的，有些一开始从没翻动过，它们的扉页上写着几行字：黄海先生指正。我觉得有些对不起他们，我没时间阅读，我的时间多半用在生计上。所以我很怕他们送书，我更怕他们在送的书上写着很客气的话。

　　这些报刊书籍一共卖了三百多块钱。

妻子看我一脸神伤,安慰我说,你用这些钱可以买一些新书。

我没买。她从当当网购买了她喜欢的书,是张小娴的,一套10本,计120元。

我买的房子不大,不足以放下我所有的书。我觉得有些书卖掉很可惜,我想把它们送给别人。比如《卡夫卡中短篇小说》、《米沃什词典》、《荷马和〈荷马史诗〉》、《麦田里的守望者》、《耻》等。我想把其中一些送给诗人周公度。前几天我看到他读的书是《中国京剧二十讲》、《吴小如戏曲文录》、《魏晋南北朝风俗通史》,如果他愿意的话,我还想把他送给我的书《比如女人》、《兰波诗全集》还给他。因为他是一个阅读兴趣十分广泛的人。记得有一次喝酒,他津津乐道地跟我讲起他对中国火药的研究,他还说起他对中国古代建筑着迷。我想起前些年我花了很多钱买的那几本《中国木建筑》、《中国小品建筑十讲》、《江南祠堂》等,我想他可能喜欢,但我觉得他应该向我表达他的愿望,如果他花钱购买的话,我可能原价卖给他。因为这些书印量很少,多年不见再版。

我家里的书,我觉得比较珍贵的是编辑家谢大光先生送给我的那套他主编的《后散文丛书》,这套书的封面设计与市场买到的不一样,用纸也不一样,我觉得它多了一些收藏的意义。另有一些书,我是从旧书市场上买到的,书的扉页上写着"某某某八六年购于西安"、"某某藏书"、"某某厂阅览室"等字样。我还保留着。

我的藏书从少到多,我觉得不是好事。如果我的藏书越来越少,那么余下的书是一定用来读的。

水 姑

在鄂南,阳新县城,住着我姑妈。

我读高中之前,她还在乡下,住在那片水草肥美的沙湖边上,村庄的名字很好听,叫沙湖墩。那里我可以坐船,可以游水、抓鱼和吃莲子,我不喜欢上学,就不断地逃课去她家,我爸不知道我去了什么地方,没过几天,她就把我送回家。后来我认识了姑妈村子的另一个小朋友,我就逃学去他家,晚上住在他家的船上,记忆深刻。夜晚有很多盏灯,游弋在沙湖上,很好看。

我姑妈家没有船,姑父是个古板的人,乡村知识分子,在镇政府当差,看起来他是个很体面的人,在1980年代,我觉得他确实了不起,至少要比我爸了不起,因为他每天夹着黑色的公文包上班去了,我爸总是没事可做——他连烟也不抽,他没事就睡觉。姑妈也没事,她种了很少的庄稼地,种点芝麻或黄豆,有时只种些玉米。大水来时把它淹没了,她更是没事做了,就待在家里纳鞋底。她的孩子放学了,她做好饭。基本是这些事做。她水性不好,下不了水,不懂养殖,她只学会了缝补渔网。

那儿没什么手工业,有人闲得发慌时就去偷鱼,实在没事了,做个二道贩子。没有生意做了,围在祠堂的里面一起玩牌赌博,没钱的也围上去看。我姑妈不识字,也不爱好这些,但会背诵毛主席语录。我记得她家那时有好几本毛主席语录的红皮小册子,有一本我用来上了厕所,她责怪了我好几次。

在沙湖墩,我认为这一村的人都没事可做,一年放网打鱼的时间就那么几天,其他的时间不知道要用在哪里。我姑妈住在那里十几年,她不会划船,不会捕鱼,不会拉网,她连那里的方言都没学会,她只能待在那里一天天地变老。

那是十多年前的记忆,现在她换了个地方住下来。我姑父调到县城做科长的时候,他们一同搬走了。开始她住在政府招待所院里一座低矮的平房里,她还是没事可做,每天做好三顿饭,剩下的时间去逛菜市,熟悉价格,熟悉每条街,她要像以前那样,没事找事。她在那个院子断断续续地住了几年,换来换去,房子还是不大。那时,邻居都有事做,她没机会认识他们,她也不喜欢拉家常,她经常在冬天里晒着太阳,身体开始发胖……那时她三十多岁。

现在,我姑妈快五十了吧。她不可能再找工作,我姑父也提前退休了,之前是县公路局局长,工资够一家人生活。退休后每月领工资800元,两个人生活有些吃紧。她年轻时曾经想找点事情做,可一辈子没找到事,不过也没关系,她儿子最近生了小孩,她没事可以带孩子。她儿子也买了个大房子,她没事可以把地板每天多拖几次。

我想去沙湖墩看看,她乡下的房子卖了,很多人家在几年前那场大水后搬家了。

时间过得真快,我有时想想在鄂南,阳新县城,住着我姑妈;在鄂南,沙湖墩,住着我姑妈。她的名字和那里的地名一样很好听,叫水姑。

病

　　我小的时候生病，我妈带我去医院，看病，排队。我看见医院雪白的墙上写着：为人民服务，毛泽东。我看见打针的护士穿着白大褂，走来走去。大夫穿着白大褂，戴着老花镜，盯着漂亮的阿姨看，他仔细地询问了很多的话。下一个，他喊着，排队。下一个，下一个！他又喊着。我站在走廊看一本叫《鸡毛信》的小人书，我已经看过很多遍，书边都被翻卷起来，脑子里全是海娃的故事。我妈喊我：病历呢？病历呢？她催我快过去。

　　那时候，我不喜欢干农活，喜欢生病。早上起来，给棉花掐尖，太阳出来，我和我姐姐被露水湿透了衣服。我不喜欢早上喝稀饭，喜欢生病的时候能吃上鸡蛋。不喜欢走老远的土路，我喜欢生病的时候坐着公共汽车。我姐姐那时候真是羡慕我病恹恹的样子，农活大多让她干了。可我的病时好时坏，一直没有彻底好起来，病历上的字，我不认识，我妈不识字。我后来在作业本上临摹过这些字，觉得很好看。

　　我吃中草药，我不喜欢，我妈觉得打针又太贵。她带我去赤脚医生那里要些中草药，比如鱼腥草、苍术、防己、栀子等，用来利尿排毒。它们味苦，我不得不一次一次地喝。一服中草药，能把整个屋子的气味变苦，四处弥漫。有时我姐姐捂着鼻子替我喝了一些，她骗我给她糖吃。这要是被我妈看见了，她就会一脸严肃，但不骂也不打我们。

药吃多了,身体容易发胖,饭也吃不下。我妈会给我做些好吃的,比如蛋炒饭、瓦罐汤和饺子,让我一个人吃,我觉得我姐姐也想吃,她跟我妈商量,只尝了几口。我不想吃的时候,我妈很伤心,她花了钱,我又吃不消。没办法,我还得去医院,一次又一次。后来我换了家大点的人民医院,开了些药,听说花了很多钱,慢慢地,我的病开始好起来。我记得给我看病的医生也穿着白大褂,不戴眼镜,是个青年人。

他还给我妈看过胃病,但她的胃病始终没好起来。这,千真万确。

早上的事

　　早上,我发现明德门的小工多了起来,有搬运工、瓦工、油漆工、电工、木工。他们站在路边揽活,把价格写在纸牌上。我坐在小六汤包喝着早茶,隔着透明的玻璃无所事事地看着街道,柳树发芽了。有汽车开过来,人群散开。太阳照在他们的脸上,有些困顿。

　　早上,银行开门了,门前停泊的小车越来越多。昨夜,醉酒的人吐了一地,麻雀围着在叫。忙碌的人挤在公共汽车上,一辆一辆地走过去,车子和行人太多,他们上班、下班、买菜、早点、上学、晨练,我在其中行走,去401站牌,明德门。

　　早上,美容院下班了,洗浴中心下班了,歌舞厅下班了,大门紧闭,宁静的生活开始。想起昨夜漂亮的女人,暧昧的女人,温情的女人,白天要安分好多,你想不起来她们春天臃肿的身体在夜里单薄的样子。

　　早上,我去了小寨,去了纬二街,去了杨家村,遇见小偷、二道贩子、流浪者,我还遇见两个盲人、学生、保洁员、商人、乞讨者、农民工、少女,他们,早上好。我心里想着这句话,早上好——大地上的昆虫、花草、树木,大地上的建筑、河流、山岚、庄稼。你们听到了吗?

　　早上,鸟在枝条上做爱,钢铁在城市里轰鸣,人群到处攒动,我去菜市场买回青菜、辣椒、黄瓜、竹笋和莲菜,我把虫和泥土带回家。不久,隔壁家的门铃就响了。

　　早上,我坐在阳台看报,今天的主要内容是住博会、性病广告和房地产广告。我想买套房子,打了几个电话,房价真是贵啊,不过对方的声音有些甜美。这样的电话又打了几个,未果。早上已经8点钟。你好——我在电话里问候了这些素不相识的人。

　　早上,我睡了,电话把我吵醒,早上好,我的朋友,他说,他没事情做,他觉得无聊,他想到给我打电话。我说,没事,你裸奔去吧。

旅　馆

　　十多年前的记忆，它像镶在牙床里的虫牙，一截已经彻底烂掉，另一截变黑了。

　　在青年路，在百货大楼的一侧，有几个朱红的毛体字：红星旅馆。它高高横挂在一座四层的楼房上。它外体是灰色的水泥砂石墙，粗大的几根顶柱被涂成红色，显得十分耀眼。而另一侧是新华书店，我常去那里翻看我喜欢的小人书。那条路上，摆满杂货店和地摊，商贩蹲在地上，卖些纽扣、瓜子、袜子、半成品皮革中药材（极有可能是假的）等。路上塞满了人，鼎沸的人声向四周弥漫，大货车的屁股冒着浓浓的黑烟缓慢地开过来，它的后面爬上去几个人，扬长而去，顺便把他们带回乡下去。他们都知道这里——当地富有的个体户、体面的老板、名流和官员，他们经常出入这大理石大厅、红色地毯。那里的女服务员很漂亮，讲一口听起来很舒服的普通话，我表姐那时候的最大理想就是做它的服务员。如果透过茶色的透明玻璃往里看，她们很端庄地站着，由仿古木沙发和茶几围成的隔挡，零星的几个人坐在那里抽烟。为人民服务——写在旅馆大堂的正墙上，几个巨大的钟嵌在上方：北京时间、东京时间、巴黎时间和纽约时间，我当时没明白这是什么意思。我时常贴着玻璃往里看，再往里看，只有楼梯向上，空空荡荡。夜晚，灯火明亮处，孤寂的人把心交给了它。轻歌曼舞，彻夜响亮在青年路上。后来，这条路上陆续出现了租书店、复印打字部、快餐店、大众浴池、卡拉OK、性病门诊、时装精品店、美容美发等,还有乞讨者、江湖艺人、小偷和交警。它像风一样刮过这城东城西,又迅速平静下来。接下来几年它被改头换面成干洗店、茶秀、银行、邮局、某某办事处等。但时装精品店被换成了各品牌专卖店了。而此时的红星旅馆已更名为凯来宾馆,装修一新的门厅金碧辉煌。——为人民服务几个字已经不见了,三颗星突出在几个钟表下面,代表宾馆等级。那时候常有美丽的姑娘出入那里,一道诱人的风景,我们都爱看。在温和灯光下,我看见她们一张张青春而疲惫的脸。有时候我曾怀想过旧时间的词和物,即使它褪去色彩,褪去原指的意义,变得无所适从,比如说,小姐=大家闺秀,后来,小姐=服务员,而现在它变得跟妓女一词差不多。比如说,旅馆,它几乎被人遗忘了,我们几乎只能在影视或书籍中见到它,它几乎跟这个时代有些格格不入,它甚至只能在城中村、阴暗的街道或者偏远的小镇偶尔看见××旅馆了。它成了后时代的招待所、宾馆、酒店,并且,它在当下越来越有些暧昧起来。每当我出站台走在火车站广场时,各种旅馆拉客宰客的样式层出不穷,它为人不屑不耻。有一次,我的亲戚从乡下来,他们坚持要住在杨家村一个叫"私人"旅馆的地方。从一条窄小的巷子进去上二楼,一个身体发胖的中年妇女坐在那里,她在向我们打招呼,住店吗?灰暗而狭小的房间勉强塞上两张单人床,窗子不大,老式电视机和一台嵌入式的破旧空调在嗡嗡转动,房子还算凉快。房间比较干净,每天每间房子单价为15元,还算不贵。它解决了穷人们的私密空间和提供他们了廉价的住宿,但经常有醉鬼、敲诈者、陌生女子和治安人员敲门。美容美发开在楼下。

他们变得无所适从起来。我们都是这样的,旅馆也是的——光明旅馆、红星旅馆、明天旅馆、大众旅馆等,它仅仅是一个旧物旧词,正在消失或者已经消失,并且面目全非。

电梯向下

当多个人置身于浑身铁皮的桶,灯光散开的脸上,神态各异的表情,被监控的探头看清,你脸上粉脂、雀斑、皱纹,或者你粗鲁的动作、手段、姿态,你已经到达你需要的楼层,1楼或-1层。它是一系列数字,向下递减的过程,不断地有人进来。一个瘦小的人进来,电子屏幕上显示超载,并发出警报的声音。他又退了回去。他是幸运的,秋天来的时候,他戴着口罩,是那么的与众不同。电梯向下,把我们带到一个方向,不可预知,瞬间,我们的身体像浮尘一样轻了起来。你没注意别人的表情,电梯已经落下来。一个男人和女人在等待中谢幕,他们互不认识,镜子反射出他们平静的脸。张贴画满是煽情的词,围满了我们的身体,灼热。当你一次次地被它抚摩过,你尤其显得漫不经心。因为你的手还算有力,但你的眼袋开始下垂,你内心开始衰老。几个人在这里开始低声私语,没有人关心他们,电梯下来,各自散去。

29楼向下,19楼向下,或者17楼、更低的楼层向下。我在焦急,有人进来,臃肿的身子占据了剩下的空间,密不透风的气息,密不透风的混杂气味,我在等待。一天里,你被照到的部分,是你等待的部分,剩下的全是枯燥的数字。它只不过是一种工具,交通工具?人的工具?制造不切实际和可能的工具。我想当两个人,他们从陌生到熟悉的时候,这一过程只发生在电梯时,如果他们是年轻男女,那是诗歌情愫或小说故事,这是有可能的,还有可能是某某电梯奇遇记。

　　电梯向下,停在半楼上——停电了,四周漆黑、寂静,你发出尖叫的几声。你慌忙地用手抓住一个男人的身体。然后你用手机打电话,它的光照在你的脸上,通红并有些阴森起来。但很快应急灯就亮了,我点燃一支烟,电梯的喇叭开始发话:先生,请把烟灭了。你们看着我,大家都装着没有事情。

　　向下。你还会有事情吗?

　　早上,向下。中午向下。我忽略了一天中许多向下的过程。其实,电梯不只是上升的,我知道植物的根是向下的,水流也是向下的,饱满的果实也是向下的。

某 某 某

　　一个人长黑白相间的胡子,他看上去上了年纪,可他每天走在路上,脚步蹒跚。我在吃饭的时候,他的眼神试探过来。他躲在有阳光的角落,人们偶尔谈起他,他早年丧了妻子,他一直住天桥的半封闭甬道里。路灯彻夜照亮他,他沉默的表情满脸皱纹。有陌生人问起:去××路的时候,他指了指。不管多少人问起去××路,或者××路,他都这么指了指。他从前有辆破旧的自行车,他拣些易拉罐和酒瓶子卖些钱,附近的人都嫌他住在这里脏,从不把这些东西给他。他感到有些无奈,他把手往垃圾桶里深掏,破碎的玻璃瓶子划破了他的手,整个冬天他的手都没好起来。不久前,他丢了那辆生满锈的自行车,他早就不骑了,每次他推着走,因为座位被人卸掉了。他可能想过把它当废铁处理了,他没有,也许他始终觉得它还有两个轮子在转,他可以忙碌起来。

　　现在,他背不动那些捡来的酒瓶子、废塑料和金属,他终于闲了下来。冬天里他晒太阳,不敢见人。开始的时候,有人还给些东西给他吃,时间长了,大家不再搭理他。他还可以去别的地方,人们有时还给他一些钱,但他还是死了。殡仪馆的车来了,把他拉走了,这么多年他终于免费乘坐了趟车,他现在可以心安理得,享受人民的待遇。卫生部门来了,进行消毒,这也是免费的。他死了,身体可能生满了蛆。然后,市容也来了,拆除违章建筑。他们为此感到惋惜和遗憾,他活着的时候,他是多么平静——

他不惊动任何人，

不坐公共汽车，

不抽烟，

不喝酒，

不用电，

不烧煤气，

不乱扔垃圾，

不做爱，

不占用地方，

不用钱，

不大声喧哗，

不随地吐痰，

不碍手碍脚，

不热爱生活；

他还得活着，

接受你的嘲讽，

你的举报

你的歧视，

你的鄙夷，

你的唾骂，

你的罪状，

这足以证明你是个失败的人。

旧 厂 房

　　这个院子一点儿不起眼,我每次从一扇铁栅门看过去,夏天只看到梧桐树上茂密的枝叶,几个人推着单车进进出出。几栋十分陈旧的俄式低层建筑,锅炉房看上去跟上了年纪的老人一样锈迹斑斑,我看得出有时候,它还倔强地冒出烟雾,这说明它还在运转。马路上的嘈杂声,我已听不出这里面机械的转动,至少它还十分安静。白色的围墙上隐隐显现几个字:砸锅垒灶,大炼钢铁。从铁栅门的过道一直往里走,正对着是旧时厂房的大门,和家属院连在一起,偶尔有卡车停在那里,卸下货物或装满货物后,收破烂的人早把三轮车停在那里:纸盒5毛/公斤,废纸8毛/公斤,啤酒瓶1毛/个等。闲杂的人三两个站在门口,好几个搬运工忙着活儿,半天下来,他们的脸上积满了尘土和污垢,他们歇了会,蹲在边上抽烟,有人不断地吆喝起来:快点,抢时间呢。空寂寂的厂房被隔成大小不等库房和办公室,挂着牌子:中运物流、家家废品收购、安达仓储中心等。靠近街道上的厂房把门开在路边,租给烟酒店、小吃店、便民店或者美发店了,小老板们心里做着正在发财的梦想。懒散的人坐在树荫下的藤椅晃动着肥胖的身子,一个空啤酒瓶还放在那里,他已经睡去。晌午的蝉鸣叫了几遍,送盒饭的小工有些不耐烦了,他跑了几趟,嘴里撂了几句脏话。我常去中运物流发货,印象中最深的是那油乎乎的桌子塞满着报纸、计算器、账本、电脑、电话、打印机、瓜子、茶杯等,一位中年妇女忙着手里的手机,办公电话又响了。她的笑容积满了肉，松弛、向下，我每次发货跟她讨价还价——这是对的，她心里极不情愿地用河南口音告诉我，就这次吧。她一双油渍的手数过皱巴巴的钱币说——对着啦。她的手，不停地辗转倒手数着钱，手里被钱磨出了茧，我们有充分的理由毫不怀疑这是双劳动的手，我们的货物经过她的手不断地抵达目的地。这几乎被人忘掉的厂房，还有很多空房子，阳光透过一扇小窗户照进来，墙面熏黄了，贴上的报纸也发黄了。卷闸门上写着出租联系电话××××7777，价格面议。但它的东头已经轰隆隆地开工了，被掘土机挖掉了半个角，继续不停地深挖，它正盖一栋房子。显然，这块地皮卖给了房地产商。他们可能还不知道，秋天正在发生。可能是在九月，他们将要陆续地搬走，这个地方很快在一条街道的路边彻底消失。那些搬运工可能留下来，留在建筑工地上，搬运水泥和沙石，有可能换一个地方，我也不知道。

装 修 记

离此地10公里,乘106路公交,在太白路南二环立交下车,再倒乘二环线上的公交去西桃园。交了房屋维修基金、物管费和契税,我拿到房子钥匙,心里怎么也高兴不起来。三十而立有了孩子,贷款买了房子,我努力工作,像牛和马那样不停地反刍,每天紧而张地忙碌,我此后的十多年将自己抵押给国家银行,一家人从此迷上了电视购物广告、报纸打折广告、商场优惠活动,相信了跳楼价、清仓处理、大降价和便宜货。早上,老人拿着昨天的晚报在超市排着队,为了得到免费的处理货,他们从凌晨已经出发了,早饭还没吃,还要经受胃痛、腰酸、高血压的折磨。一不小心,这到处滋生病毒的公共场所,流感、甲肝、肺结核,这潜在的危险太多了,但我们必须坚持,等到太阳慢慢升起。

我得听老婆的话,选漂亮的颜色,买低廉的本地货,可能能省的都要省掉,因为每月的房贷和孩子营养费要给,还有什么,具体我记不得,它像苛捐杂税,多如牛毛。在你由一个农民工成为一个城里人之前,你得痛定思痛,你得主动地纳税,交一些莫名其妙而又名目繁多的费:卫生费、工伤保险费、医疗保险费、失业保险费、各种本本工本费、个人所得税、文化事业税、垃圾费、绿化费,还有多项捐款等。我拥有做饭生火的厨房、洗澡拉屎的卫生间,睡觉的卧室和看电视的客厅。

我把房子的设计交给一瘦小的年轻人,我喜欢肥胖的房子,大大的,横线条,尽量简单、朴素,花钱要少。他猜懂我们的心事,尽量少造型,重格局。但事违我愿,我说墙要尽量用白色的,他把每间房子贴成壁纸;我说天花板不要用吊顶,他坚持用了很多木格子;我家没那么多电器,就少用些插座,他好像没明白,改造了许多电路。这些都是额外要加的钱,我们痛心不已。他不厌其烦地给我打手机,要我三天两头地过去,不断地花掉我的手机费和交通费。我们讲好了,他们做的柜子,它所用的锁、滑道、合叶,是他们配的,但他们的小工坚持要我们买。算啦,他们把我的幻想拖入了一个个可怕的深渊里,而我在电话里发着脾气,他们从来就不吱声。他们体面地拿走我的钱,却把烦恼留给了我们,并且口口声声,我们真的没挣到钱。我想你们可能是真的,我也不想这样,合同上写的,那就按上面的办吧。

水　文　巷

　　水文巷,梧桐树与茶的房子,它有些破旧,尘土一样的颜色,你看上去,它敦实的躯体上布满皱纹,有茶锈的颜色。我们在那里常常一起喝茶,说起往事,安静中,听到虫声稀稀拉拉,听到街道的笛鸣,我习惯于倾听。这被茶浸泡的灯光中,夜晚和尿是一个橙色。我们的胃里发酵的茶香被嗝出来。许多次,在这里我想起诗经里的地名——在河之洲,仿佛听到雎鸠的叫声,好听。还有你用心读你的散文(秦地方言),一样好听。我们都在倾听,有时我点燃一根烟,你问我,能听懂吗?你把有些章节再读一次(秦地方言),语调舒缓,依旧好听。我的理解是你是用复调的形式唱响你的音乐之章,抒写你的心灵之诗。而窗外,车水马龙,昏黄的夜色里,我有时看见不远的灯红酒绿。喧嚣的市井之中,我们几人在谈论字画、收藏和诗。你送我的画,我经常拿来看,鱼很有骨感美,字是胖胖的,我喜欢。清瘦、开阔、浓淡相宜,这是我送给你的词。你的文章,我认真读了,发乎内心之爱的华章,绝少妩媚之身的娇态,一切皆是自然之子,我喜欢。谈笑间,我眼里总浮现你飞扬的文字在秦砖汉瓦间翩翩起舞。大地之上,你匍匐前进,低调为事。我常常想起家乡的农作物——水稻,越是饱满的谷穗,它的身子弯得越低,更贴近泥土。是这样的,仁者,无畏、豁达和爱人。我们坐在水文巷的某个房子里,在茶色之夜笼罩着浓密的建筑里,灵魂与诗共舞,你是个让我安静的人,微风拂过窗户时,我都听得见。天籁之声从远方而来,是十一月,大雁飞离。天空之远,苍莽之上,那夜,我们心灵之间像星星一样比邻而居,无限美好。

小　事

桌上放着手机，你可以满世界地打听远方朋友的消息。

它们都是零碎的事件。

像早上穿过那条马路，晚上，又要穿过。楼下的那对男女对冬天到来的气息没有知觉，他们坐在荫凉的树下，他们盼望黄昏的时候来临。

我看楼下那保安的灰深色的服装，玻璃反光的墙面，电线杆的高压线，广告横幅，灰白的天空中什么也没有。楼梯间留着从前的电话号码，女保姆服务。泥瓦工和保洁员的电话被人涂掉，下面写着办证电话。蜂窝煤堆在那里，寒气逼人的冬天只剩下贪婪的梦想。

我去路上，见到陌生的人，他们买回洗衣粉、衣服、水果、白酒、香烟、青菜、纸等。

一个无聊的冬日，臃肿的女人扎堆地晒着太阳。

一个没事可做的人把一个塑料瓶子摔在街道上。

他然后吐痰而去。

我晚上梦到他身体爬满癣一样的东西，那些小道消息、广告语、谎言发布者，粘满了他的手、脸、耳朵、眼睛和鼻子，让我不知所措。电暖气的噪声嗡、嗡、嗡、嗡细密地传输出来，夜，深得有些寂静。

我把撒在地上的纸重新捡上来，写上一些词：黑、灯盏、水泥、身体,我随手草画了自己的桌子,一本书和一个卡通人。"黄金在天空舞蹈"——它闪烁着,一些可怕的光。我的手忽然有些颤抖起来,烟灰落在上面,悄无声息。我忘记自己抽了几支烟,在那间窄小的房子里。键盘上的标签写着:揭开表层,查询真伪,这仿佛谎言都写在我们的脸上。

那个喝完啤酒的人在夜里发出清脆的响声。

那个奔跑在路上的汽车鸣着大音的喇叭。

那个楼下的人喊着楼上的人下来。

那个夜归的人蹬着大步敲隔壁的大铁门……

我在安静地睡觉或者沉默。

那些黑漆的晚上,我们用身体抵挡着寒冷的风。

我在想着一些很小的事,令他内心疲惫,并安稳地睡去。

赞 美 诗

　　我要赞美你的容貌姣好,像冬天的大白菜那样蓬勃生机。

　　我要赞美你孤零零一个人养活这个世界,自己从不害怕被人抛弃。

　　我要赞美你的不安分守己,你的活着证明了有人的苟且。

　　正在那时候,乞讨者活下去是为了什么。你呢? 你可能想到那些陌生人的手和身体,你的父母、迷乱的生活场景、河流和一个村庄的地名、那片茂密的水草。最终你沦为殖民者的异乡人,在安详的时代开始衰败和失落,这是不幸的。

　　你不至于那么悲观,你完全蜕变成另一个人,你无所谓地用身体适应这个变化的过程。它可能引起皮肤和心里的不适,这不可怕,硫黄软膏或皮炎平就可以把它轻易地抹去。但你心里的痛像被割掉的藤蔓一样纠缠在一起。

　　我要赞美你的疼痛,身体像马蜂窝那样盛开着千疮百孔,那美丽的花朵从来就是有毒的。那些可怜的人,在大街上奔跑,你安慰了那些孤独的心灵。

　　你如同易拉罐那样掏空自己的一切。

　　青春被修剪得体无完肤。

致 父 亲

　　我今天带你去医院,你说这里的大理石地砖很漂亮,你坐在塑料凳子上看非常白的天花板。很多人排队挂号和取药,你眼神有些木讷地看着,那么安静地想一些我不知道的事。我带你去三楼的呼吸内科,你走到二楼时,喘着气,你说有些胸闷,你停顿了一会儿。你说,可能是走得有些快了。我看着你的样子,我心里顿时酸楚,你已经老了,有些不知所措起来。

　　父亲!

　　医生听你说着自己的方言,我把刚才看到的情形告诉了他,但病历上什么也没写。他在处方上写着:胸闷、呼吸困难、持续时间十年左右、心电图、正位胸片。我忽然预感到一个词——尘肺!你二十年的矿工史,每天吸进气管的灰尘,肺部的灰尘,可能布满你的胸腔。你有时候喘着粗气,不停地咳和吐痰。我不知道这样的结果是否将成现实,我希望时间回放到从前。你没有珍惜自己的性命,我有些悲伤责怪你;你即便考虑到职业带来的后果,但你无法做出选择。

　　你和我一样只是个农民,有人总是理解不了的。

　　我们坐在走廊的凳子默默地等待胸腔透视的结果, 寒风从过道的门缝渗进来,已经中午十二点了,我问了大夫几次,他们没人搭理我。等吧。有人终于喊到我父亲的名字了。这是个不幸的结果:尘肺!肺部的阴影犹如这个冬天光秃秃的树,它们还挂着干枯的叶子。而你很平静,你说,很多人活在哪里也不知道,他们却患有尘肺,有的工友已经痛苦地死去,还有的工友多年前死于矿难中。

父亲!

你很平静地说着以前的事。我们在去临潼的路上,你突然对我说,秦始皇也没想到他死后两千多年,我去看他。你生命经历了那么多的过程,你能判断稗草和稻子的细微区别,已经够了。你站在市井繁复的角落,他们一眼就能识别你的故乡,来自远方,你拘谨而卑微,你就是我父亲。

诗

我们搬了三次家。我们一起买牙刷、青菜、锅铲、天然气、水果、洗衣粉。我们一起去超市、面馆、杂货店、师大路、夜市、至相寺。我们要小心地生活着,我们从陌生的事物中寻找那些相处的细节。请你保持沉默,我要写一封很长的信,它是一首诗,像聂鲁达的二十首情诗和一首绝望的歌。在夜里,我读那些句子给你——

我们甚至遗失了暮色。
没有人看见我们今晚手牵手
而蓝色的夜落在世上。

我从窗口看到
远处山巅日落的盛会。

有时一片太阳
像硬币在我手中燃烧。

看,这纯净得一塌糊涂的诗,让我想起那时的五月送给你的草莓和樱桃,我记得我把它们送到你的窗台,没见你就走了,心里至今还有些忐忑。我不知道你收到没有,我一直没有问起。现在我们有了孩子,我们一起为他买奶粉、尿不湿、玩具、棒棒糖和衣服。我们一起为他拍照、喂食、把尿、洗澡，你有时埋怨我的动作有些粗心。是的，我是一个男人，这不是借口，我生活中是个不精致的人，我不整理衣物，我常把东西丢三落四。有一次，你去上海，我把家里的钥匙不知落在哪里了，我进不了门，我叫来物业管理的人把锁开了，我发现钥匙在书桌上。

生活是不平静的。我已经准备好了谷物、四季、烟火、纸张和笔，我已经向生活低下了额头。生活是那样多的诱惑和陷阱，我们不停地把自己陷下去。家庭是不需要讲原则的地方，我知道，我是个虚伪和自卑的人，请你原谅我，我在庸常的生活当中是多么不值得推敲。

没有什么事情能阻止我们的付出，哪怕这虚假的面具是还原于生活的，请你原谅我，我的想法太多，是多么的不切实际。但我会答应你，每年，我家乡的山野栀子花开，我带你去看白色的花，很白，整个春天，都很白。带孩子一起去，在陌生的地方，他喊我们：爸爸和妈妈。

明德门记

我到西安的第二年，便从土门搬到了明德门。

那时候，朱雀路修到医学院门口就搁置下来，只剩下一条往南的半条土路通到杨家村口。它的杂乱和破败随处可见，夏天的西瓜皮散落了一地，路的两边没有一棵树，没有路灯，中巴停在城南客运站不走了。电线杆竖在那里，缠绕着电话线，它上面贴满了性病及办证广告。那时候，我住杨家村193号民房，乘713路公交，需要坐人力三轮车去医学院。

在有月亮的夜晚，能看见年轻的恋人围坐在那片杂草丛生的工地上。在不久的过去，远处有一大片菜地和零星的粪池。庄稼长在矮房子旁边，还有野草人立在那里，麻雀低飞。菜地上有正开工的建筑工地和建好的楼房。风一吹过来，全是粪便的味道。后来有一条路从那里经过，把那片地分成了两半，靠西边的是烈士陵园，种满了阴森森的树；东边是建好的明德门小区。它在当时看来非常洋气，比潘家庄和杨家村这些城乡结合部的民房漂亮多了。

我听当地人说，明德门是唐代皇帝南巡时的必经城门，在朱雀路向南延伸的路上，已经没有了痕迹。历史过于辉煌和深厚对我来说是种表象，如果只是几处庙堂和帝王宫殿的遗迹，我觉得不要也罢。它还不如变成沃土桑田，我们还可以种上谷物，栽上树木，圈养牛羊，或者种养水草和鱼，生儿育女。如果明德门与我还有些关系，是因为这里房租很便宜，按照1999年的价格，民房大概每平方米五块钱吧。我喜欢这里的秦腔，每个周末还有马戏。一个菜夹馍只需要五毛钱。我住那里，晚上常有老鼠咬门的声音。当然如果在非常安静的夜里，我也能听到年轻男女在隔壁房子做爱的声音。

那时候，我搬过好几次家，不是村子的东头就是西头，有时还是在同一个院子搬到另一个房间。那几年，我在这里认识了很多人：马召平、邹定国、高勇、周公度。他们很多人是诗人，我们现在还来往着。可是想到小佳，我们分手已经十年了。

我现在还隔三差五地去那里，我要去那里上班，鑫泰园小区，马桶经常被堵的单元房，夏天，女生都穿吊带裙。我的朋友们，他们越来越多的人也搬进了那里，他们住在杨家村、明德门社区南区，或者北区，还有一些人在那条叫朱雀的南路上买了房子，不断有来自他们的消息，和他们的单车又被偷了。

是啊，那栋高楼没建之前还是个废品回收站。那个旧家具市场也不见了，它改成了一个加油站。没有任何理由。如果换了我是那里的农民，我也想把土地换成更多的钱，这样他们就可以毫不犹豫地进城。可是他们并不想把房子拆下来换成商品房，即使城市的进程已经覆盖了明德门。

想起来，历史对个人是多么不重要，我是多么的微不足道。个人有自己的历史吗？我想无非是这些事。

去德福巷

德福巷是仿古一条街。两边全是酒吧和茶馆。

在我印象里,西安的巷道或胡同是少用青石板铺展的。因为它的黄土黏性好,烧出来的青砖能放上千年。而石料从高高的秦岭运下来,它要用在最需要的地方,比如说牌楼、狮子、门墩和基石上,一般作装饰和点缀之用。西安城墙除了基石,剩下的全是砖块,几百年时间,它的低处只布满了荫荫的苔藓,比它更坚硬的基石也慢慢在风化。而从古城墙下的湘子庙街往北一拐就是德福巷,这条路上,全是青石板铺成的。看上去石板还没有多少年龄,它们的纹路还不是那么清晰。在南方,我记得有上百年的青石板铺在房屋的里弄间,有常年的梅雨浸淫它们,有我们赤脚时的汗气不断地踏在上面,更重要的是有那种潮湿的气息一直笼罩在大地上。雨水在我看来就是它们的精血,会使它们看起来好像有了生命。

我是不常去德福巷的,但从外地来了朋友,我就约上朋友去那里小坐一会儿,或踩踩那里的风水。这条大约有一百多米的街道大概有五米宽吧。路边能停一辆小车,还能穿行一辆小车。有时台面上也停满了车,人只能从屋檐下经过。从玻璃往里看,有的是靓女绿男,他们低头私语或嬉笑热闹,而浑然不觉门外又有君子至。

其实在这条街上,我独爱福宝阁茶楼,我去那里坐一楼享受热闹;在二楼独拥宁静;去五楼,坐看秦腔说书,美哉。有一日我与王彦峰谈茶,他说有人能区分各种茶的颜色和质地,这还不算得上高人。他见一能人能品闻茶的味道说出天下茶的出处和年限。他说这样的高人才是茶的得道者。古人的得茶道者是哪些呢？白居易的"起尝一碗茗，行读一行书"，是一味闲适；黄庭坚的"香芽嫩茶清心骨，醉中襟量与无阔"，却是一种胸怀；苏轼的"何须魏帝一丸药，且尽卢仝大碗茶"，道出的更是气概。我觉得茶不一定要好，喝茶的人不一定要懂茶道，但要一份心情，有一知己，足矣。《金瓶梅》里说：风流茶说合，酒是色媒人。茶只不过是一种媒介和介质。茶，一道具也，和什么人喝茶才是重要的。

茶是隐者，喝茶的人都是这个城市的归隐者。

我去德福巷喝茶，喜欢看那座牌楼。它在历史厚实的西安，似乎只是个婴儿。以前大概没有吧。从雕刻方面看都是现代工艺，没有钝和慢的粗糙感。但它的位置好，它北有钟楼，南拥古城墙，东是书院门。在德福巷旁的五味什字，这条路在清代和民国时到处是中药铺，它的年代有好几百年。我喜欢吃粉巷的热米皮、米粉、牛羊肉泡馍、贵妃饼，很少人关心它的过去了，这里的过去是唐朝的妓院集中地。我刚来西安时是吃不惯这些特色小吃，但久住一些时日，缺少它们，还真想。

我想去的地方大都是没有历史的，历史对这个城市来讲有些沉重。踩在脚下的这块砖说不定就有五百年，你挖出来的一块残片有两千年，汉代的基石农民拿来做围墙，那片庄稼地上夯土还是汉长安城呢。德福巷在西安其实算不上什么，它建于上世纪九十年代中期，它之前是一个城中村，再之前我不知道，而现在到处是各家书法题写的牌匾。

我去那里，和朋友们。

有一天，有人约我，我可能在德福巷或在去德福巷的路上。

瓦·事

瓦库是个好地方。

在好地方与好朋友一起茶饮,都是好事情。

我喜欢瓦库的布局和设计,它仿生、自然、严谨而又得体。瓦、砂、灰、石、砖,都是中国建筑最为基本的材料,我们司空见惯,但利用这些元素进行现在建筑内饰的创作并且别具一格,在瓦库我们随处可见。它从砖瓦到钢铁,从纸张到塑料,从木材到水泥,从草木到玻璃,丰富而大胆的想象,虚和实的倒置,平静而朴素,让人赏心悦目。

素面朝天的装饰,设计者是需要勇气的,它讲究的是格局,讲究的是以小见大。瓦库就是这样的作品:它和谐不单一,生动不零碎。我喜欢的装饰是它用砖替代了大理石和复合木地板,重心一下子沉着下去,向下而踏实了许多;用麦草和黏土代替水泥和石灰,让我们与自然和大地亲近了。在喧闹的市井中,体味来自瓦库的宁静和分享朋友们的快乐,我觉得这是非常重要的,还要重要的是许多漂亮女孩子都喜欢瓦库,我去瓦库,顺便看看她们。

我去过瓦库两次,一次是友人约我去那里喝酒,另一次是我邀一位客人去那里喝茶,欣赏建森先生装帧设计的瓦库菜单,我把它当作一册很重要的书,每每拿起都爱不释手。如果可能我向他索求一册珍藏。

今后,我还去那里喝茶,我建议设计师余平送我一张打折卡,另外还要再便宜些,我觉得心里有了底气,花很少的钱,享受很充足的过程。这是值得的。

书　信

　　今天收到你寄来的书《浮现》，书做得很漂亮，我喜欢得不得了。像你的文章《旧片断》、《碎影》、《桃之天天》等，我读了很多次，每次读完都很喜欢，以便下次再读。这本书我翻动很多次，有些旧了，我建议你再送我一本。不，最好是两本，另一本如果可能，将来我一定要送给我的情人，让她和我一起快乐。谢谢你。谁是谁的谁是谁——你的博客，我也读了，让人尊敬的文字，是我一直以来想认真读的。这封信，我写了很久，打算尽量写长些，但写着写着就没信心了。原因是，这几个月来，你总是不断地写出好文章，我把写给你的信改了又改，但自己还是不满意。我想说的是他们写的都不如我们写得好。他们是多么不值得一提，那些无聊的人。只有少数，你是少数之一，能把文字修葺得这么完美。如果可能，我想去兰州一趟，顺便看看你，乘坐我喜欢羊皮筏子。好几年了吧？从照片看，你还是那么漂亮。去时，我想邀上你和人邻、古马、阳飏一起喝酒，你多喝汤，美容，少喝酒。这是我最想说的。祝你美丽。

茶　馆

没事。闲坐。读黑皮《圣经》和喝茶。

一天下来,天色变了。想起一首诗:天空有飞鸟飞过,但是没有留下痕迹……这些虚无缥缈的谎言般的废话。在我们看来,像黄金一样闪亮。

那些静物般的树、汽车停在楼下,从玻璃看去,灰尘落满了街道。两边布满了杂货店、门市部、张贴画、条幅,忙碌着,没有人准备好一切。而我没事就盯着下面漂亮姑娘的脸,女服务员都长得好看,但她们都比不过午子仙毫好喝。一个下午的茶,浓淡相宜,静谧的旧光景,像少年的布料布局,有些灰白。不断有女服务员过来,她问:还需要什么吗? 微笑,露出虎牙,样子是美人,好看极了。

这样,没有一分钟,我是白费的。反正没事,我也让你忙着吧。服务员——服务员——有人喊。我再要了一包烟。明亮照人的玻璃桌面反衬出她的谦和和温暖,少女一样明净的眸子,秀色可人。

昏黄般的灯光逼近夜晚,喧闹的人,他们,有事,说话吧。

而我,茶一壶,自饮,阅尽人间美色。有时邀上朋友,海阔天空,一起痛快吧。

乘 火 车

去一个地方,乘火车。

排队。买票。去一个地方,等候。

如果一个人孤寂地去旅行,请带上棉花和卫生纸。如果,你要去远方,请你带上茶叶和牙刷。为了消除这心灵的空隙,请阅读我写给大地和爱情的赞美诗。你不要把塑料和泡沫带在身上,因为秋天要来了,风会把它到处吹遍。

这样的气息有多么混杂,每个人的身体贴肉般的潮湿,气味杂居。我们在夏日湿热的空气里互相取暖。每个人像恋人一样。

这该死的天气,电风扇呼啦啦地发出沉闷的响声,叶片仿佛随时准备飞出来。它要划伤我们的脸。我要感谢你们,小偷和二道贩子,你只要了我所剩不多的钱,我还能自由地打电话:喂,你还好吗? 喂,你在哪里? 我反复地对自己说:不要糟蹋自己的心情。

这次旅行,只是乘火车。过山道,过桥梁,永无边际的原野。摇摇晃晃。

乘火车,读了罗兰·巴特的《恋人絮语:一个解构主义的文本》,无趣。又一本是法国人费琅编的《阿拉伯伯斯突厥人东方文献辑注》(下册),无味。

给儿子

我和你一样都怕黑，看见了太阳我们就醒来。

我和你一样喜欢饱满的乳房、谷物、鲜艳的红、金鱼和歌。对你来说，身体是你自己的鼻子、嘴、手、眼睛、足和耳朵等。你到现在还只会说一个词：不。还有，你像蜜蜂一样喜欢盯着花朵看，你用漂亮的手指去抓你喜欢过的事物，比如小布熊、纸风车、电动甲虫、圣诞老人、发财猫等，我都喜欢。我喜欢它们有你身上的气味，乳汁一样的芬芳，弥漫着整个屋子。你把小布熊递给我，累了，你趴在我身上，像软体动物，完全没了形状。

只不过，你也听一些音乐，莫扎特的启蒙曲。你把玩具摆来摆去，毫无兴趣。但你喜欢照相，把屁股有时撅得很高，或者手舞足蹈，你每个姿势都是反复的。——即使是尿尿，在我看来这么重要的事，你总是随意地撒到我身上。你一点也不在乎，你发出的笑声咯咯咯咯不停，纯净，是诗句。你咿呀咿呀，好听，你用吃奶的嘴、用洁白的门牙发出歌一样的音调，你有时把我写在纸上的诗句撕碎了。

在我的梦里，我们都是诗人。

不同的是我得哄你睡觉，洗你的尿布，亲你的脸和抚摩你的身体。

书　店

　　彩色斑斓的书。密密麻麻的书。

　　书架上的书，基本没人翻动过。199X年的出版的书沾满了尘土，有散文集、小说集和诗集。最多的是小说，诗集只有几种比如说《昌耀的诗》和《1998年中国新诗年鉴》。新近出版的诗集很新，几乎无人问津。有些书看上去很旧，书角卷了起来。贴上处理价，半价或者折扣更低。有些书已经断货，比如，《今生今世》、《中国农民调查》等。书店大堂的醒目处张贴告示:《长安乱》已经到货。稀稀落落的人在空荡的屋子里随意走动，他们随意翻了几本书，又放下来。后面的人继续去翻动它。另些书几乎从未被他动过，更不会有人买下它。它的价格不是很贵，甚至很便宜。他不喜欢，因为他喜欢小说的形式。喜欢青春，不喜欢艰涩。喜欢图片，不喜欢密集的字。它让他大伤脑筋和眼睛。

　　我去书店，买马蒂斯的画，买中国古代建筑的书;买旅游方面的书，买几米漫画。前两种是我喜欢的书，后两种，我爱人说买的。诗人周公度向我推荐《国剧艺术汇考》、《世载堂杂忆》、《古今岁时杂咏》，没买。厨师李汉道向我推荐《厨房机密》、《饕餮漫笔》，觉得书名很有意思，买了，一看，是随笔的一种。果然非常有意思。我本来打算买几本诸如《中国民间面点食谱》之类的书。我小时就有个理想，是要做一个美食家。未果后，就拼命地搜罗一切有关美食文化方面的书籍。有位下岗朋友问我，有生意经方面的书吗? 确实没有，我从没想过要买一本这样的书。后来还真是买了些，送给了我在乡下的亲戚。

我去书店另一个原因是没地方可去。

我想博尔赫斯的书店是图书馆，他的写作也是图书馆式的，是博大而芜杂的，蜂巢一样。

我买了再多的书又有什么用呢？只不过一次又一次加深我对书店的认识。

——彩色斑斓的书。密密麻麻的书。

剩下的事情是一本一本地买回来，却很少去读它。

然后像旧报纸一样卖掉它。

最终没书可卖。

杂货市场

　　这杂乱的市场,小贩们在此贩卖皮革、农产品、布匹、纸、牛羊……他们不停地吆喝,吸引众人的目光靠近。夏天干燥的尘土扬在他们的脸上,牲畜的粪便散发着草味,我在离此不远的明德门,听着早上的虫鸣从菜叶子出来。赶早的人还带回乡下菜根的泥土,抖落下来喂些花草。三轮车夫使劲地敲打车刹把手,示意人群让开。一条窄甬道,堆满了腐败的菜叶、污水和生活垃圾,保洁员每天早晨清洁完,秋风随时可能把枯叶和塑料纸吹过来。下午,他还会再扫一遍,满地都是菜根及菜叶,他把它们扫在一起,垃圾车傍晚来一趟就拉走了。我经常去那里,买回吃的粉条、水果、蔬菜、肉及卤制品,买回鞋袜、手套和电池等。这里像是一个城乡的中间地带,来往的商贩把农副产品销往城里,又把带来的日常的生活品卖给他们,运回乡下。一条柏油路凹凸着,拖拉机和农用车停在公路边,一辆接一辆的,他们在等待货主的到来。"30元一趟,你要不要把东西拉到乡下去?"马上又有更多的人围上来,他说:"太贵了!""25元。"他还是摇摇头。"22元,这是最低价。"终于有人出价了。两个搬运工帮他把它们扛到车上。车上的纸箱上装的是暖水瓶,你可以看到"小心轻放"的字。——他运走了一车的糖果、暖水瓶、鞋帽、卫生纸等。他给他们各自5元钱,他觉得有些亏,于是讨价还价到每人4元。接着,一个臂戴袖章的人向司机收了两元钱。农用车就突突、突突地开动了,尾部冒着大口大口的粗气,漆黑一团。柴油的气味混着尘土一起弥漫开来。这是黄昏的时候,路灯亮了起来,他们忙着装点货物,要收工了。商贩们喊着——处理了,便宜卖了。市场更加嘈杂起来,那昏黄的电灯有时浑浊不堪。的确,他们显得有些烦躁不安,青菜早市价是1元钱,现在是1元三斤,买的人很多。其他的小商品也跟着降价,一般幅度不大,让利很少,比如鞋垫,2元,你要是买两双是3元。你买一双,还是两元。如果天气突然变冷,下起雨来,口罩、围巾和伞卖得特别快,他们会加上一两元钱。在众多的杂货店里,你看到很多相同的商品,这和菜市上见到的情形一样,卖一样的菜——不同的价格——甚至每天的价格都有所不同。低矮的门面房门口的小黑板上每天写着新到的货,洋葱、芹菜、土豆、小白菜、藕、辣椒、蘑菇、干货等,还写满各式五金、杂货的批发价和零售价,凌乱之极。一个从外地路过这里的人,像赶集式地转了一大圈也毫无头绪。早上散乱夜市摊位,还摆在那里来不及搬走,喧闹的早晨已经开始了。不远处,掘土机在翻修道路,轰轰地向市场缓慢地逼近。提示牌上提醒司机——注意慢速行驶。那时候,早有商铺竖起打折的牌子,靠近路边的铺面的墙上早被刷上大红的"拆"字。有的铺面打起转让的招牌及联系电话,他们还是无动于衷。杂七杂八的人,他们匆匆的身影,说着异乡人的口音,他们赶往一个地方,又要去另一个地方。我不知道。而我此刻正听着天气预报,冬天来势凶猛。

附　录

为手稿而写作
关于手稿和手稿写作
何谓手稿写作

为手稿而写作

　　2006年冬天，我和朋友们在吉祥路一个茶馆聊天，谈到散文写作有何意义时，我突然想到要做一本为它写作的杂志。我开始想到它首先应该有一个有体温的刊名，它应该散发自己身体的气味，是自己的写作。这就是《手稿》。这种写作是区别于其他散文写作的，或者说它无意于重新树立所谓新的权威和范文写作，因为这是可耻的。独立性和尊严感的个人写作让散文重新获得了自由和回到原初了的位置。散文写作的自由应该是无心和无意的，树立任何标准已经变得无关重要，我向那些不断进行革命的写作者致敬。我会绝对毫不妥协地同他们进行一场时间的赛跑，我们都有可能回到时间的终点。但我们都是胜利者。

　　我已经羞于再谈散文的思想和精神，那些貌似强大的东西，其实是没有边际的。我必须否定它。这是散文的常识。这些老生常谈的观点，应该让它彻底腐朽。为《手稿》而写作，是我的散文写下去的立场和出发点，这本杂志从今天开始，可能是十年，它有理由可以走得更远。但它不是同仁的刊物，也不是朋友们的写作，它的方向是在一切可能的方向上向前并且纵身发展。可能是逆向，也可能是相向。它的根本价值来自于每个作者对日常的体验和观察，从不同侧面不同方式逼近人性的真实和心灵的低处。我想这样的写作它的难度在于让散文重新弯腰下去，亲近泥土、自然和人间烟火。

　　这是我对《手稿》的美好期待。

我始终觉得散文写作的尊严来自于作者那些内心不为人知的秘密,他应该向着自己的内心奔跑,它有时需要喃喃自语,更多的时候它倾向于那些有温度的有手感的事和物。我从来不相信英雄是只有灵魂而忽视生命的人——他从不敬畏对手和死亡,他有超人一样的智慧和力量。那是不可信的,它遮蔽了人民的作用,掩饰了作为普通人的庸俗和琐碎,也丧失了人性的美德和良知。散文写作也是这样的,我们从卑微和细小处,从庸常和平静中,从繁复和热闹里觅见生活真谛,其实都是稀松平常不过的小事,从来就没有惊天动地的大事。"上午,战争;下午,游泳"——这就是散文,平静中蕴涵所有的气势和智慧。

没错。我们应该站在历史和时间的背后看待事情的本身,作为旁观者对现实的凶狠和残酷,我们应该司空见惯,但不是麻木不仁。

一部《手稿》它呈现的是孤独和洁癖就是它的全部意义所在。在我眼里,一切概念和写作之外的东西已经没了。当有人还念念不忘一个作者的身份是文学民工,还是工人、农民和知识分子的时候,这样的写作也是可疑的。端正散文的写作态度和摆正平常人的心态尤为重要。狐假虎威和皇帝新装是很有意思的寓言,不妨我们重新温习它。

《手稿》不是为一类人的写作,它秉承的是汉语散文写作的强大品格,臃肿而又别致,粗粝而又鲜活,重要的是它还有人的体温和气息。我对《手稿》的理解是粗糙可以触摸的,看得见的,是打着生活烙印和声音的,还有《手稿》是个美妙的词:还原于一切。

关于手稿和手稿写作

手稿,这个散发潮湿和温暖气氲的词,让我想到故乡的一种植物:麻,摩挲后有凹凸感,它能把身体的温度传递和保存下来。我们透过它,可以感受它的年轮、色彩、形状和气味以及直接来自时间的印记。

手稿,虽然那陈年的墨味已经褪去,但我们的目光仍旧被它发黄的纸张感染。这就是文字的力量。

通过手稿——传递生活可以触摸的气息,它伴随每个作者的汗臭、口水、精血一起构成我们对物和事的看法。我想手稿的另一层意义是它的洁癖和自我清洗功能,它要让每个写作者在自己的时代打上烙印,并且不断地消除我们与社会的隔阂,修复我们同复杂生活的关系。

手稿,它不是孤立的词,但它可以拆分为"手"和"稿",手是亲手、手艺、人、手感、手笔等,不是手书、手法、手册(参考书)、手卷等;而稿最大可能是草稿、稿荐和植物的茎,不是稿纸、谱、稿件、稿本等。手稿,它本质是个毫无意义的词,但我们可以将它还原于可能的词,例如在场、自我表达、自然、原初、万物、个体等。它抵达生命和生活的核,文字必须穿越这本质的过程。

这也许是我对《手稿》的美好的期待。

它有对命运的残酷和对生活的狠劲,我们通过手稿写作表达这种身体的冲动。但并不意味着我们的写作对细小事物的漠视和淡忘,它更不是生涩和阴冷的文字,而恰恰是这样的表达是我们对它们充满敬意和温暖。事物的反面性是光辉照不到的地方,是我们目光无法企及的彼向,我们对它的正面的忠实描写也是作家心灵与事物背面反向遭遇的结束。物的正背、阴阳和矛盾是永远无法弥合的,我们不能低俗,我们为什么还需要崇高?多年来,我们一直对低的、下的、小的、丑的产生误读,它仅仅是存在于高的、上的、大的、美的背面,作为形容词,它用来表示事物的状态和性质的词,不是对写作的界定。

它们不是对立的,也不会融合,作为写作表达的目的,一样有效和彼此依存。

但是,有人一直对事物的背面粉饰,并产生恐惧,他们不是对事物产生敬意,而是对权贵进行妥协。文学要直指人性的善恶,它的作用是揭示和审视,并不对美和丑作出定义,它可能更多需要读者做出自己的判断。

同样手稿写作也不具备这样的导向,它只是作者每个人作为个体对生活的热爱和表达。这种热爱和表达是重力向下的,根系发达的,有原创精神和独立思考的写作。手稿写作,姑且这么说吧,它带有自己身体温度、气味、灵魂、血气、重量等,生命在他的文字中得到延续。

手稿写作是山水兼得,看山是山,看水是水。

《手稿》是对当下散文的重新分类。每个人都应写出自己,坚持和吸取,取长补短,也是对自己写作过程和方向的自我检阅。这本杂志的丰富性在于作者职业的多样性,他们是个体户、记者、自由职业者、工人、教师、手工业者等,他们生活的不同造成了他们写作的多种可能。他们各自向生活伸展自己的感触和想象,在生活中寻找和发现自己的时间和故乡。

行走,对他们写作的意义是永远在路上。

何谓手稿写作

　　手稿写作不是一种写作的形式和概念。对写作者来说，它是种心理准备，或者是态度。现在谈论写作态度是个认知和立场的问题，当荒谬成为一种常识时候，写作成了私人口袋的事情。它是口红、卫生纸、钱夹、宠物、卡和名片。或者它是个人臆想的虚无，比如坐在咖啡馆想到爱尔兰或荷兰的小镇；比如坐在办公室想到那些辽阔的田园和天空。我们喜欢忘掉正在经历着和逝去的变化。写作进行时，被理解成现实构成的方式，我觉得它的局限在于个人经验被社会的使命屈从，"我"成了大众公共意淫的部分。手稿写作是要保留那些个人与社会之间有咬合的阴影部分，"我" 要被尘土、事件、大地、金属、庄稼等覆盖着。

　　我的理解是手稿写作是个人经验对传统、地域的作用，它是个人经验对社会价值的判断，而不是只把传统和地域作为价值的判断。忽视自我承担和判断的价值，在几千年传统文化的烙印中，它是人性缺失的过程。这造成我们对世界观的理解是一元和对立的。手稿写作是要唤回个人对生活的真实感受，寻找重新的发现。

　　发现那些生命中细微的表达和找回日常的常识。而不是像某些人那样满嘴西化的主义和哲学，这些伪装的知识遮蔽了散文要展示的力，廓清这些概念和功能的标签，谁是无知者，谁又是过街老鼠？我不需要知道。方法论的可疑是解释和分类的标准，这些滞后的像干尸一样的被人从棺材刨出来，它的腐臭被风干后连标本都不是。

手稿写作强调的自由和身体是中性的表述，不带混杂单色的原，却是构成驳杂和多维。——你们误读了这个词，原是开始的地方，原不是回归。原是构成手稿写作的基本要素——原，它是一次性经验的表达，低不是姿态，低是我们要抵达的写作高地。俯视的意义是让我们的文字更加开阔，更接近本原和内在。

接近，没有方向。原——肯定不等同原生态、自然主义、现场、草根、民间，原的意义在于不做树的躯干和枝叶，它是根。在这里，强调写作的修辞和技巧是拙劣的；在这里，强调消解意义和解构传统是无知的；在这里，强调终极和人文关怀是猥琐的。谁被谁关怀？就像两个不相干的人在互相抚摩，要命的是一个人说出自己的快感，另一个人像吃了苍蝇。

手稿写作强调常识的存在。常识是价值判断的基础，忽视人性共有的善恶、私利和美德，它不能呈现出事物本质的芜杂和多重性。重回常识，对写作者来讲，是要回到基本的审美追求和价值判断，这是从自己身体出发的写作。所谓的价值判断不是对否和审视，而是呈现。那么，最大的常识就是感受，不是身临其境，是可能的距离。手稿写作的常识在于发现存在的不合理性，不追问，不探究，出发和结局都是过程。

手稿写作对日常的作用是整理和表达，不是记叙，不是罗列；是观察和发现，不是揭示，不是界定。我们克制地表达事和物的基本点和背面——那些不为人所知的部分，它暗合了普通人作为个体的存在的意义。手稿写作是对日常的发现，接近事物原的真相，它应有的尺度得到延续，人的意义和物相接。

手稿写作从原开始。